書下ろし

不倫サレ妻慰《なぐさ》めて

草凪 優

祥伝社文庫

目次

第一章　港町旅情

1

「わたし、本当はすごく恥ずかしがり屋で……」

美智子《みちこ》は両手を後ろにまわし、ワンピースのホックをはずしながら言った。化粧品のコマーシャルに出てくる女優のような、麗《うるわ》しい雰囲気《ふんいき》によく似合う、涼《すず》やかな水色のワンピースだ。

「明るいところで裸《はだか》を見られるのが、とっても苦手なの。夫にだって、隅々まで見せたことなんてない。寝室の灯《あか》りを全部消さないと、裸にならないから」

言っていることとやっていることがずいぶん違う、と万代俊平《まんだいしゅんぺい》は唖然《あぜん》としていた。美智子はホックに続いてファスナーをちりちりとおろしていき、水色のワンピースを脱《ぬ》いでしまう。

思わず声が出そうになった。

美智子が着けていたのが、真《ま》っ赤《か》な下着だったからだ。胸の谷間を強調するような、浅いカップのブラジャーが扇情的《せんじょう》だった。ハイレグパンティは、股間への食いこみもきわどすぎて、苦しくないのか心配になるほどだ。さらに、腰には揃《そろ》いのガーターベルトまで巻いている。両脚を包んでいる肌色のストッキングはセパレートタイプ、それをストラップで吊るために……。

だが、本当に衝撃的だったのは、まぶしいほど鮮やかなセクシーランジェリーではなかった。

それが着けられている肢体《したい》のほうである。砲弾状に迫《せ》りだした胸、高くて細い腰、長い両脚……全体的にはほっそりして見えるのに、どこもかしこも女らしさに充《み》ち満ちて、眺めていると口の中に唾液《だえき》が溜まってくる。まさに大人《おとな》の女、上品さとセクシーさが矛盾《むじゅん》なく同居し、男を奮《ふる》い立たせる究極のスタイルと言っていい。そしてそれを、大胆《だいたん》としか言いようがない真っ赤な下着で飾っているから、衝撃的なのだ。

「そんなエッチな下着、グラビアでしか見たことありませんよ」

俊平が眼のやり場に困りながら言うと、

「だってこれは……」

美智子は照れくさそうに苦笑した。

「今日は浮気をするつもりで家を出てきたから……」

「どうして浮気を？」

「それは夫に浮気されたからよ。悔しいからやり返そうって……」

「サレ妻《づま》ですね？」

「えっ？」

「浮気をされたからサレ妻……最近、そういう言葉があるらしいです」

「ふうん、サレ妻か……」

美智子は悪戯《いたずら》っぽく瞳を回転させると、俊平の隣に腰をおろした。毛先を上品にカールさせたセミロングの髪から、甘い匂いが漂《ただよ》ってくる。

「じゃあキミは？」

「えっ……」

「慰《なぐさ》めればやらしてくれそうなサレ妻に近づいてくる、ハイエナ男？」

「そういうつもりじゃ……ありませんけど……」

俊平がしどろもどろになると、

「冗談よ」

美智子は口の端をほんの少し歪《ゆが》めて、淫靡《いんび》な笑顔をつくった。

2

数時間前——。

俊平は回転寿司屋で寿司を頬張《ほおば》っていた。

ここは静岡県東部にある港町。初めて訪れる土地だったが、噂《うわさ》通りに魚が旨《うま》く、回転寿司でもネタの新鮮さは驚くほどで、いつもは七、八皿も食べれば満足するのに、十五皿も平《たい》らげてしまった。

腹ごなしに、夕暮れの港を散歩した。夏の終わりだった。オレンジ色に染まった波止場《はとば》は人影がほとんどなく、カモメだけが鳴いていた。翼をひろげて羽ばたく姿が、夕陽を受けて黒いシルエットで見える。ここから飛び立ち、いったいどこに行くのだろう？　眺めていると、妙に哀《かな》しい気持ちになり、意味もなく涙がこみあげてきそうになった。

女が立っていた。綺麗《きれい》な人だった。端整《たんせい》な顔立ちに、水色のワンピースを着たすらりとした体軀《たいく》。潮風に髪をなびかせながら海を見つめている姿は凜《りん》として、まるで映画のワンシーンのように様《さま》になっている。

だが、俊平が視線を奪われてしまったのは、彼女がただ美しい人だったからではない。海を見つめる眼つきに、夕陽を浴《あ》びた横顔に、丘の上に立つ一本桜のような凛々《りり》しい立ち姿に、オレンジ色に染まった波止場にも負けないほどの、哀愁《あいしゅう》を感じたからである。愁《うれ》いが漂っていた、と言ってもいい。

心に風穴《かざあな》が空くような出来事があったのだろうな、と容易に想像がついたが、声をかけることはできなかった。彼女は三十歳前後の大人の女だった。しかも、いかにも裕福《ゆうふく》そうなハイソな雰囲気。十八歳の俊平が声をかけたところで、おこちゃまはあっちに行きなさいと、しらけた視線を向けられるのが関の山だろう。

日が暮れるまで港をうろつき、夜の帳《とばり》がおりると街に向かった。

線路の反対側にある歓楽街《かんらくがい》だ。

東京に比べればネオンの数は少ないけれど、口を開けたばかりの盛《さか》り場は活気に満ちて、仕事終わりの冷えたビールを求める人たちが賑々《にぎにぎ》しく行き交《か》っていた。とはいえ、まだ時間が早い気がしたので、俊平はガラス張りのカフェに入り、コーヒーを飲みながら街を観察することにした。

うつむいて足早に先を急いでいる女は、おそらく出勤途中だ。これから髪を整え、華やかなドレスを着て、男たちに酌《しゃく》をする。黒いスーツを着た男たちも、ポツリ、ポツリ、と眼につきはじめる。キャバクラの黒服だろう。もう少しすれば、胡散《うさん》臭い風体《ふうてい》をしたポン引きなども現われて、道行く男たちに声をかけはじめるのかもしれない。

「おにいさん、どんな遊び？　飲み系？　それとも抜き系かな？」

この町は、風俗《ふうぞく》関係がお盛んな土地柄らしい。

「ソープランドで遊ぶなら、あそこしかないね。駅の近くに何軒もある。風俗で遊ぶならやっぱり本番がなくっちゃつまらんが、デリヘルで交渉するのは初心者には難しいからなあ。その点、ソープなら最初から本番込みの料金だから安心だよ」

ゆうべ泊まったドミトリーで知りあったおじさんが、懇切丁寧《こんせつていねい》に教えてくれた。出張の多い仕事をしているので、地方の風俗情報に詳しいという。

含蓄《がんちく》ある意見と言っていいだろう。

俊平は十八歳で、風俗初心者だった。しかし、やはりどうせなら本番がしたい。きっちり最後までしなくては、遊んだことにはならない気がする。それに、十五の年から三年間、浅草観音裏《あさくさかんのんうら》で暮らしていた俊平には、ソープランドに対して特別な思い入れがあった。吉原《よしわら》の目と鼻の先に住んでいたのだが、そこは子供が決して足を踏み入れてはいけない、大人のための神聖なる遊戯場《ゆうぎじょう》だった。

だが、俊平はもう、子供ではない。

セックスだってしたことがある。

時に人を心から癒《い》やし、時に狂わせることもあるその行為についてもっと知りたくて、一週間前に観音裏を後にした。あてもないひとり旅である。何事も経験、という言葉は間違っていないはずで、いろいろなことを経験してみたかった。まずはこの港町でソープ童《どう》貞《てい》を捨て、大人の階段を一歩のぼってみたい。

しかし……。

夜闇が深まるのを待ってカフェを出たものの、この町のソープランドは吉原のように一カ所にまとまっているわけではなく、歓楽街のあちこちにポツンポツンと点在していた。スマホで調べた地図を頼りに店の前まで行ってみても、客引きがいるわけでもなく、ぶっきらぼうな看板が出ているだけで、どうしても入っていくことができない。

いったいなにをやってるんだか……。

オリエンテーリングのように次から次にソープの場所を確認するだけで、歓楽街をぐるぐるとまわっている。港町の夜風は潮気を孕《はら》んでじっとりし、気がつけば汗まみれになっていた。

ポン引きに注意が必要なことは心得ているつもりだった。しかし、こうなったらポン引きでもやり手ババアでもかまわないから、無理やりに引っ張りこんでほしいとさえ思った。なのにどういうわけか、ソープに近づいていくとその手の人種が見当たらなくなる。

歓楽街の夜はふけて、時折、原色のドレス姿の女が視界に入ってきた。色鮮やかなだけでなく、肩や背中の白い肌を露出していたり、腰から尻にかけての艶《なま》めかしいラインを誇《こ》示《じ》していたりする。

餌《えさ》に釣られた獣《けもの》のように、ついていきたくなってくるが、彼女たちはソープ嬢ではなく、ホステスに違いない。

俊平はソープランドには行ってみたかったが、キャバクラやスナックに行くつもりはなかった。自分のような右も左もわからない若い男がふらふらと足を踏み入れれば、尻の穴の毛まで毟《むし》りとられる恐ろしいところだというイメージがあった。おまけに俊平は、酒が苦手だ。少し飲んだだけで顔が真っ赤になり、さらに飲めば高いびきをかいて眠ってしまう。

(……んっ？)

歩いているうちに急にまわりが静かになったと思ったら、ラブホテル街に来てしまったようだった。酒場のネオンよりひっそりした看板が目立つが、淫靡な雰囲気は隠しようがない。心なしか、あたりに漂っている空気さえ、ねっとりと粘《ねば》り気《け》を帯びたような気がした。

俊平にとっては、ソープランド以上に敷居《しきい》の高いところだった。ソープはひとりでも入れるが、ラブホテルに入るためには合意のうえでセックスをさせてくれる女が、もれなくひとり必要だ。

足をとめた。

目の前のホテルの入口付近で、男と女がすさまじい剣幕《けんまく》で喧嘩《けんか》をしていたからである。

「やめて、離してっ！」

「いいから来るんだっ！　話なら中に入ってすればいい」

「触らないでって言ってるでしょっ！」

女は男の手を振りほどこうとするが、男は離さず、乱暴にホテルに引きずりこもうとしている。

涼やかな水色のワンピースを着た女は、港で見かけた女だった。淫靡なラブホテル街が似合わない、ハイソなたたずまいの……。

一方、男は厳《いか》つい顔にダブルのスーツで、どう見てもまともな筋の人間には見えなかった。坊主《ぼうず》頭に猪首《いくび》で眼光鋭《するど》く、悪党の匂いがぷんぷんする。

俊平は暴力沙汰《ざた》が大の苦手だった。以前働いていた飲食店では、よく正体《しょうたい》を失った酔っ払いに殴《なぐ》られていたが、殴ったことは一度もない。

しかし、見てしまったからには素通りできない。この光景に見て見ぬふりを決めこむようでは、ろくな将来が期待できないだろう。

「やめましょうよ」

男に近づいて言った。精いっぱい冷静に言ったつもりだったが、顔はこれ以上なくひきつり、泣き笑いのようになっていたに違いない。

「相手の人が嫌がってるのに、無理やりホテルに連れこむなんて、男のすることじゃ……」

最後まで言えなかった。男は眼を剝《む》いてこちらを見ると、

「なんだテメエはっ！」

と怒声《どせい》をあげ、次の瞬間、左頰にしたたかな平手打ちが飛んできた。夜闇を切り裂くような乾いた打擲《ちょうちゃく》音がたち、俊平は尻餅《しりもち》こそつかなかったものの、膝《ひざ》と腰がガクッと折れた。

「ガキはすっこんでろ、これ以上痛い目に遭《あ》いたくなかったらな」

できることならそうしたかったが、

「なんなんですか、いきなり殴るなんて……」

俊平は打たれた頰を押さえながら、涙目で男を睨《にら》みつけた。

「どういう事情か知りませんが、女の人を無理やりホテルに引っ張りこむような真似《まね》は、みっともないって言ってるんですよ。いい年して、そんなこともわかりませんか？」

「なんだと、このガキ……」

男はもう一度殴ってこようとした。今度はパーではなくグーだったので、俊平は身をすくめた。これ以上の恐怖はいままで味わったことがなかったので、顔をそむけて腕を振りまわした。情けないカンガルーパンチだったが、カウンターになって男の顎にヒットしたらしい。気がつけば、男は膝をついて前のめりに倒れ、うめき声をあげていた。

俊平は驚いた。生まれて初めて人を殴ったのに、こんなにきれいに倒せるなんて……それも、どう見てもやばそうな男を……。

「逃げましょうっ！」

女が腕をつかんで言った。

「この男、やくざよっ！　いまのうちに早くっ！」

やっぱり、と俊平は青ざめながら、女に腕を引かれて夜道を駆けだした。

3

まさかの展開だった。

やくざを殴ってしまった以上、できるだけ遠くに逃げるべきだった。幸い、俊平はこの土地には縁もゆかりもない旅人だ。駅まで走り、列車に飛び乗ってしまえばそれでよかったのだが……。

女は俊平の腕を引き、ラブホテルの門をくぐった。男を殴った場所から一回角を曲がっただけの、すぐ近くのホテルだった。

「逃げまわっても疲れるだけだから、ここに隠れましょう」

「あの人やくざでしょ？　手下に見張らせたりするんじゃ……」

「朝まで隠れてれば大丈夫。やくざなんて、夜闇にまぎれてしか悪さができない、ゴキブリみたいなものなんだから」

女は美智子と名乗った。清楚《せいそ》でエレガントな雰囲気は遠目からでも伝わってきたが、近くで見るとものすごい美人だった。ぼんやりした美人ではない。眼鼻立ちがやけにくっきりして、威圧感があるほどの……。

年はやはり、三十前後に見える。美人なだけではなく、胆《きも》が据わっていた。窓のない薄暗い密室に入るなり、自宅に帰ってきたような自然な振る舞いで冷蔵庫を開け、缶ビールを取りだした。

「あなたも飲む？」

俊平が丁寧に断ると、美智子はベッドに腰かけてプルタブを開け、缶のまま喉《のど》を鳴らして飲んだ。半分ほど一気に飲んだのではないだろうか。ふうっ、と息を吐きだすと、俊平を見てにっこりと笑った。

「ありがとう、助かった」

「いっ、いえ……」

俊平は所在《しょざい》なく立ち尽くしていた。生まれて初めて入ったラブホテルの部屋が、気になってしようがなかった。外観は素っ気なかったのに、内装はギラギラと脂《あぶら》ぎっていて平常心を奪ってくる。

深く沈んだワインレッドの絨毯《じゅうたん》と壁紙。天井からはシャンデリアらしきものがぶら下がり、ベッドに至っては円形なうえ、側面が金色に輝いている。おまけに冷蔵庫の隣には、コンドームや大人のオモチャの入った自動販売機が……。

セックスの匂いがした。

もちろん、清掃はきちんとされているようだったし、シーツやリネンも洗濯済みのものに替えられているのだろうが、匂いがこもっているような気がしてしようがなかった。匂いというより、淫《みだ》らな「気」のようなものだろうか。この場所を訪れる男女は、百組が百組、セックスすることが目的なのだ。他の目的で訪れる人間などいるわけがなく、となれば、エロティックな「気」がこもっていてもおかしくない。

だが美智子は、そんなことなどおかまいなしに、涼しい顔でビールを飲んでいる。彼女は先ほど、「朝まで隠れていれば大丈夫」と言った。ということは、ここで夜明かしするつもりなのだろうか。自分とふたりきりで……。

鼓動《こどう》を乱す俊平をよそに、美智子は横顔を向けたまま、問わず語りで話をはじめた。

「わたし、悪い女なの……浮気しようとしてたんだから、悪い女に決まってるわよね？でも、わたしだけが悪いんじゃないと思う。先に浮気したのは夫のほうだから……わたしも浮気してやろうって……」

港で見たときに感じた、愁いの正体がわかった。

「でもやっぱり、慣れないことはするもんじゃないみたい。悔しまぎれに出会い系にアクセスしたら、やってきたのがあんな男で……もう最悪。貧乏くじもいいところよね……」

「ご主人とはセックスレスなんですか？」

「はっ？　キミ若いのに、おじさんみたいなこと訊《き》くのね」

美智子はクスクスと笑い、ビールを飲んだ。空《から》になったようで、冷蔵庫から二本目を取ってくる。

「セックスレスじゃなかったから、わたしも油断してたんでしょうね。夫婦の営《いとな》みはきちんとあったの。週に二回か三回は……うちの夫、会社を経営してて、仕事ができる男なのよ。でも、そういうタイプってたいてい精力絶倫《ぜつりん》で女好きだから……わたしと結婚して性根を入れ替えたって言うんだけど、性根なんてそう簡単には入れ替わらないってことなのかな……」

「ご主人が女好きってわかってて、どうして結婚したんですか？　自分のことだけは裏切らないって思ってたとか」

「半分はそう。でも、半分は諦《あきら》めてたかな。まあ本気じゃなくて浮気なら、多少は見逃してあげようと思ってた。器《うつわ》の大きい女になりたかったのよ。でも実際にされてみたら、悔しくて見逃すことなんてできなかった」

ピンク色の舌をペロリと出して笑う。

「困ったものね、覚悟して結婚したのに」

「浮気を覚悟して結婚したなんて……」

「理解できないかしら?」

俊平は気まずげに眼を泳がせた。

「わたしね、浮気する男も許せないけど、モテない男のほうがその何十倍も許せないのよ。だって嫌じゃないの、女に相手にされそうもない男と一緒に街を歩いたりするのなんて」

「そういうものですか……」

「そういうものよ」

美智子は胸を張ってうなずくと、

「いつまでも立ってないで、座れば」

ベッドの隣をポンポンと叩いた。

「そっ、それじゃあ、失礼します……」

俊平は遠慮がちに腰をおろした。セックス専用のホテルのベッドは、やけにマットが分厚く、弾力があった。

「それでキミは、ひとりでなにしてたの?」

「あっ、いや……道に迷って……」

俊平は苦笑して頭を掻《か》いた。

「旅の途中に寄っただけなので……」

「へえ、どこから？」

「東京です」

「あてもないひとり旅？」

「ええ、まあ」

「いいなあ、うらやましい」

「本当はソープに行こうとしてて、道に迷ったんですけどね」

俊平が自虐《じぎゃく》的に笑うと、

「あら正直」

美智子の顔が急に艶《つや》めいた。

「もしかして、筆おろしかしら？」

俊平はにわかに呼吸が苦しくなった。美智子のような美人の口から、「筆おろし」などという言葉が出てくるとは思わなかったからだ。

「いいえ……いちおうしたことはあるんですけど……ちょっと前まで彼女がいて……」

「別れちゃったんだ？」

「はあ……それでもっと経験を積みたくて……男と女ってなんだろう……セックスってな

んだろうって……経験を積めばわかるのかなって」

「ずいぶん難しいこと考えて旅してるのね」

「僕なりに真剣なんです」

嘘《うそ》ではなかった。セックスとはいったいなんなのか、自分なりの答えが出せるまで、東京に戻るつもりはない。

「じゃあ、わたしと経験積む？」

いままでとはあきらかに声音《こわね》が違う、ウィスパーボイスでささやかれ、俊平は驚いて美智子を見た。美智子はこちらを見ながら、手を握ってきた。再び声をあげそうに驚き、背中が伸びあがってしまったが、美智子から視線をはずせなかった。

本当にこんな美しい女が、自分のような正体不明の若者と、セックスをしてくれるのだろうか？

金縛《かなしば》りに遭ったように動けない俊平をよそに、美智子は立ちあがって服を脱ぎはじめた。涼やかな水色のワンピースの下から、いやらしすぎる真っ赤なセクシーランジェリーが現われ、度肝《どぎも》を抜かれた。

4

熱いシャワーを頭から浴びた。

歓楽街を歩きまわったせいでずいぶん汗をかいてしまったから、と美智子に言って、あわててバスルームに飛びこんだ。それは嘘ではなかったが、あまりにも大胆な彼女から少し距離を置き、間をとりたかったのだ。

ラブホテルの浴室は広く、妙にガランとして、地に足がつかない感じがした。

そうでなくても、思ってもいない展開の連続に、俊平は緊張しきっていた。

少し落ち着かなければならなかった。

落ち着いて、リラックスするのだ。

せっかく美智子のような美しい女がセックスの相手をしてくれるというのに、カチンコチンに固まったままでは、あまりにも情けない。童貞ではないと言った手前、多少はこちらがリードするような姿勢を見せなければ、男がすたるというものであろう。

とはいえ……。

「彼女がいた」などと言ってしまったが、それは嘘というか見栄《みえ》というか、とにかく事実ではなかった。俊平が女体に接したことがあるのは、たったの一回こっきり。それも、訳がわからないまま終わってしまった感じなので、経験値は限りなく童貞に近い。

そんな自分が、浮気のために真っ赤な下着とガーターストッキングを着けてくるような大人の女を、リードできるとは思えなかった。熱いシャワーを浴びたところで、リラックスなんてできそうもない。ここは事実を正直に白状して、美智子におまかせしたほうがいいのではないだろうか。

「……えっ?」

突然、目の前が真っ暗になった。バスルームの照明が消えたのだ。俊平は驚いてシャワーをとめた。扉が開き、美智子が入ってくる気配がした。反射的に背中を向けてしまい、しまった、と胸底でつぶやく。これではまるで童貞のリアクションではないかと、顔が燃えるように熱くなっていく。

「背中、流してあげる」

暗闇の中で、美智子の声がした。きっぱりと断りたかったが、両手を双肩に載せられ、次の瞬間、背中に柔《やわ》らかい隆起《りゅうき》があたった。

俊平は声を出せず、身動きもできなくなった。その感触は、間違いなく乳房だった。つまり、美智子は裸でバスルームに入ってきたのだ。暗くて見えなかったが、セクシーランジェリーを脱ぎ捨て、生まれたままの姿で……。

「汗の匂いなんて気にしなくてよかったのに」

美智子が耳元でささやく。

「わたし、男の人の汗の匂い、大好きなんだから。とくにキミのように若い牡《おす》の匂いは、香水みたいなものよね」

くんくんと鼻を鳴らしながら、上体をくねらせる。背中にあたっている乳房が、ぷにゅっ、ぷにゅっ、と柔らかな感触を伝えてくる。その中心が硬《かた》くなっているのに気づくと、俊平は呼吸ができなくなり、激しい眩暈《めまい》を覚えた。

美智子は早くも、乳首を尖《とが》らせているらしい。

俊平は凍《こお》りついたように固まったままだったが、体の中で一カ所だけ、ペニスだけは釣りあげられたばかりの魚のようにビクビクと跳《は》ねていた。真っ赤なランジェリー姿を見た瞬間に勃起して、そのまま片時も萎《な》える気配がない。

「でも、背中を流すのも嫌いじゃないから……」

美智子の乳房が一瞬、背中から離れた。ボディソープを手に取るためだった。柔らかな乳房に代わって、今度はヌルヌルになった両手が背中を這《は》いまわりはじめた。

エロティックな感触に、俊平は再び、激しい眩暈に襲われた。立っているのがつらいほどだった。

「ソープランドって、こういうことするんでしょ？　行ったことないからわからないけど……行ったことあったらおかしいか」

美智子はひとりで笑っていたが、俊平はとても笑うことなどできなかった。ボディソープでヌルヌルになった背中に、再び乳房が押しつけられたからである。美智子は丸々としたふたつの隆起をこすりつけながら、ボディソープにまみれた両手を体の前にまわしてきた。

「あううっ！」

乳首をいじられて身をよじると、

「くすぐったい？」

美智子はクスクス笑いながら、さらにいじりたててきた。

「でも、男の人だって、乳首は感じるのよ。ほら、だんだん気持ちよくなってきたでしょ？　どう？」

「ええ……まあ……」

俊平は曖昧《あいまい》にうなずいたけれど、正直そこまで気持ちよくなっていなかった。自分の乳首なんて、くすぐったいばかりだった。それよりも、背中にあたっている彼女の双乳である。ボディソープのぬめりが加わって異常に卑猥《ひわい》な感触となり、中心の突起《とっき》がどんどん硬くなっていっているような気がする。

見たかった。

下着姿でさえすっかり悩殺《のうさつ》された彼女の体が、一糸《いっし》纏《まと》わぬ丸裸になったらいったいどれくらい衝撃的なのか、この眼で確かめたくてしかたがない。

「あっ、あのう……」

勇気を振り絞って声を出した。

「灯り、つけませんか？　暗い中で体洗ってて、すべって転んだりしたら危ないから……」

さすがに、ヌードが見たいと正直に言うことはできなかった。

不意に、美智子の動きがとまった。

「ごめんなさい」

大胆だった彼女から一転、弱々しい声が聞こえてくる。

「わたし、明るいところで裸になると、恥ずかしいの……下着姿はいいのよ。素敵なデザインのたくさん持ってるし、言ってみれば水着みたいなものじゃない？　でも、裸は……」

「そうなんですか……そんなに恥ずかしがり屋だったなんて……」

にわかには信じられなかったが、美智子の声音は切実になっていくばかりだった。

「だからね、夫の浮気にはわたしにも責任があるっていうか……」

「まさか。裸を見られるのが恥ずかしいってだけで、ご主人が浮気をしていいってことにはならないでしょ」

「見られるだけじゃなくて……どうしてもクンニがダメなの。夫は自信あるみたいで、すごくやりたがるんだけど……わたしはいままでクンニだけは誰にも許したことがないって、頑《かたく》なに拒《こば》んで……つまらないでしょ、そんな女?」

「いっ、いやあ……」

俊平は暗闇の中で顔をしかめた。

クンニリングスが苦手、という感覚はわからないでもなかった。明るいところで裸を見られるのが恥ずかしいくらいなら、秘所中の秘所を間近で見られたり、匂いを嗅《か》がれたり、ましてや舐《な》められたりしたくない、と思っても不思議ではない。しかし、だからといって、クンニを拒むと「つまらない女」になってしまうとも思えない。セックスにはクンニ以外にもいろいろあるわけで……。

「自分でも情けなくなってくるの。友達はみんな、夫や彼氏がクンニしてくれないって悩んでるのに、どうしてわたしはこんなに嫌なんだろうって……」

「苦手なことを無理にされることないですよ」

「慰めてくれてありがとう。でも、なんとかしたいと思ってるのよ。だってフェラは好きなんだから……」

「おおうっ！」

いきなり勃起しきったペニスをつかまれ、俊平はのけぞった。ただの手ではなかった。美智子の手は、ボディソープでヌルヌルなのだ。

「すごい……こんなにカチンカチン……」

ささやきながら、手筒をスライドさせはじめる。太くみなぎった肉竿から敏感なカリのくびれまで、ヌルヌルした手指が卑猥にすべる。

「こんなに硬くして、わたしが欲しい？」

「ほっ、欲しいですっ！」

我ながら滑稽《こっけい》なほど、前のめりな即答だった。

「じゃあ、わたしに協力して」

「えっ？　なっ、なにをっ……」

「わたし、クンニ嫌いを克服《こくふく》したいの。夫に好きなだけ舐めさせてあげたいの。でもやっぱり、予行練習は必要だと思うから……クンニ嫌いさえ克服すれば、わたしは絶対、サレ妻からも脱却できるはずなんだから！」

「おおっ……おおおっ……」

美智子がしごくのをやめないので、俊平は天を仰《あお》いでだらしない声をもらした。ボディソープが潤滑油《じゅんかつゆ》となり、ヌルリ、ヌルリ、と手筒がすべる。痛いくらいに硬くなったペニスは敏感さもいつもより倍増しており、俊平の背筋は伸びあがっていくばかりだった。

5

俊平が先にバスルームから出た。

ホテルに備えつけられた薄っぺらいバスローブを着て、円形のベッドの上で大の字になった。勃起はまだ治まっていないので、そこだけテントを張っているのが我ながら滑稽だった。

シャワーの音がずっと聞こえていた。

美智子はきっと、念入りに下半身を洗っているのだろう。クンニが苦手なのは、味や匂いを知られるのが恥ずかしいということなのだろうから、それをすっかり消すために……。

これから始まることを想像すると、心臓が怖いくらいに高鳴っていった。

美智子は「揺れ幅」の大きい女だった。港で見かけたときは、凜としたたたずまいの中に男心を鷲《わし》づかみにする愁いを感じさせ、けれども密室でワンピースを脱いでみれば、真っ赤なセクシーランジェリー。

まったく度肝を抜かれたが、それを脱いだ彼女は、実は極端な恥ずかしがり屋で、いままでクンニをされたことが一度もないという。サレ妻から脱却するために、苦手意識を克服したいらしい。

言ってみれば、美智子はクンニ処女なわけで、自分はこれからそれを奪うのだ。化粧品のコマーシャルに出てくる女優のような大人の美女を、舌奉仕《ほうし》であえがせるのである。

とはいえ、俊平もまた、クンニ童貞だった。セックスはしたことがあるし、そのとき手マンはさせてもらったが、舌を使って愛撫《あいぶ》をしたことはない。

いったいどんな感じなのだろう?

あれだけの美女ともなれば、性器も綺麗だったりするのだろうか?

両脚をひろげると、薔薇《ばら》の香りが漂ってきたりして……。

想像するだけで、全身が小刻みに震えだしてしまう。

バスルームの扉が開く音がしたので、俊平はすっくと体を起こし、ベッドの縁《ふち》に腰かけて背筋を伸ばした。美智子は薄っぺらいバスローブではなく、ピンクベージュのバスタオルを体に巻いただけの格好だった。

「ちょっとだけ暗くするね……」

と照明のパネルをいじった。ひどく神経質に、視界が保てるぎりぎりのラインを探っている。本当は真っ暗にしたいのだろうが、それでは恥ずかしがり屋を克服することにはならない——言葉にせずとも、葛藤《かっとう》が伝わってくる。

続いて冷蔵庫を開け、

「なにか飲む?」

と訊《たず》ねてきた。

「じゃあお水を」

俊平が答えると、

「わたしもそうしよう」

美智子はミネラルウォーターのミニボトルを手に、ベッドに近づいてきた。一本だけだった。これからセックスをするのだから、まわし飲みも辞さないのだな、と妙に納得する。

しかし、立ったまま水を口に含んだ美智子は、エレガントな女優顔を俊平に近づけてくると、口移しで水を飲ませてきた。双頬を両手で挟まれ、柔らかな唇《くちびる》が唇に重なった。

「うんぐっ……」

渇《かわ》いた喉に冷たい水が流れこんでくるのは心地よかったけれど、味わっている暇はなかった。俊平が水を飲みくだすと、美智子はすかさず舌を差しこんできた。舌をからめとられた俊平は、眼を白黒させた。

「うんんっ……ぅんんっ……」

美智子はなかなかキスをとかなかった。甘い吐息を振りまきながら、ディープな口づけを求めてきた。一分くらいは続いただろうか。俊平のほうも積極的に舌をからめるようになって、ようやく唇を離してくれた。

美智子がベッドにあがり、手招きする。並んで体を横たえ、見つめあう。

長いキスをしたせいで、俊平はうっとりしていた。弾力豊かなベッドの感触と相俟《あいま》って、体がふわふわと宙に浮かんでいるような感じがした。

間近で見ると、美智子は本当に綺麗な顔立ちをしていた。その黒い瞳に、自分が映っているのが現実とは思えなかった。こんなに素敵な奥さんがいるのに、浮気をしてしまう夫の気持ちがわからなかった。それも、クンニをさせてくれないという理由で……。

「早速、やってみますか?」

俊平の言葉に、美智子が首をかしげる。

「いや、その……クンニを……」

「馬鹿ね。いきなりそんな……それともなに? わたしの体には、他に愛撫したいところなんてない?」

「いっ、いいえ……まさか、そんな……」

俊平はしどろもどろになりながら、美智子を抱き寄せた。彼女の素肌から漂ってくる甘い匂いを感じながら、再びキスをした。現実感がどんどんなくなっていったが、欲望はそれ以上の勢いで大きくなり、全身を支配していく。

まず、裸が見たかった。

照明をかなり暗くされてしまったのは残念だが、バスルームの真っ暗闇よりはずいぶんとマシだった。キスをしながら、バスタオルの合わせ目をといた。丸々と実った乳房が、薄闇の中で白く輝いた。先端の乳首は、あずき色だった。乳暈《にゅううん》の色は薄めだが、中心は濃い。

瞬《まばた》きも忘れて見つめてしまうと、美智子の頰は赤く染まっていった。本当に裸を見られるのが恥ずかしいらしい。先ほど、いきなりワンピースを脱いで下着姿を披露した彼女と、同一人物とは思えなかった。

　バスタオルはまだ、美智子の下腹部を隠したままだった。それをめくってしまいたい衝動がこみあげてきたが、ぐっとこらえて美智子の上に馬乗りになった。肝心の部分を拝《おが》むのは、少し愛撫を進めてからのほうがよさそうだった。感じてくれば、多少なりとも羞《しゅう》恥心《ちしん》が薄らいでくるかもしれないし……。

「んんんっ……」

　双乳を両手ですくいあげると、美智子はせつなげに眉根《まゆね》を寄せた。その表情に胸を躍《おど》らせながら、俊平はやわやわと乳房を揉《も》んだ。大きさはそれほどでもないけれど、丸みの際《きわ》立《だ》つ乳房だった。全体のスタイルがスレンダーなので、細木に実った果実のようである。

　俊平はじっくりと指を動かし、美智子をリラックスさせようとした。もちろん、俊平自身も気持ちを落ち着ける必要があった。

　しかし、揉めば揉むほど丸い乳肉は手指に吸いついてきて、興奮はどこまでも高まり、落ち着くことなどとてもできなかった。ふうふうと鼻息を荒げて、先端に口を近づけていった。舌を差しだし、舐めあげた。

「あああっ……」

　美智子は乳首が敏感なようだった。ペロリ、ペロリ、と舐めるほどに、声をあげて身をよじった。普通にしゃべっている声は低めなのに、あえぎ声は二オクターブも高かった。聞いていると、耳の内側を愛撫されているような気分になった。舌で感じる乳首の感触はどんどんと硬くなり、やがていやらしいくらいに尖りきっていった。

俊平は口に含んで舐め転がした。そうしていると、途轍《とてつ》もなくいやらしいことをしている気がした。赤ん坊が乳首に吸いつくのは母乳を飲むためだが、大人の男が吸いつくのはいやらしい欲望を満たすためだ。

「ああっ……んんんっ……」

しきりに身をよじる女体を両脚の間に感じながら、俊平は大人になった実感を嚙《か》みしめていた。女の乳首を吸うと、どうしてこれほど興奮するのか不思議なくらいだった。薄っぺらいバスローブに包まれた体は熱く火照《ほて》り、早くも汗ばみはじめていた。

左右の乳首《じ》を代わるがわる、存分に吸いたてると、美智子の体をまたいだまま後退《あとずさ》っていった。満を持して、下半身を愛撫するためだった。美智子はクンニリングスが苦手と言っていたが、セックスが苦手だとは言っていない。つまり、感じることは間違いないはずなので、リアクションに期待が高まる。

「いっ、いやっ……」

俊平が後退ったことで、下半身を覆《おお》っていたバスタオルは、美智子の体から落ちてしま

った。美智子はあわてて両手で股間を隠したが、

「ダメですよ。苦手を克服するんでしょ」

俊平がささやくと、生々しいピンク色に紅潮《こうちょう》した美貌を悔しげに歪めながら、そろそろと両手を股間から離していった。

「あああっ！」

黒い恥毛を露《あら》わにすると、今度は両手で顔を隠した。俊平と同世代の若い女が同じ仕草《しぐさ》をしたら、カマトトのブリッ子だと思っただろう。しかし、麗しい大人の女である美智子がすると、本気の羞《は》じらいが伝わってきた。彼女は本当に、自分でももてあましてしまうくらい恥ずかしがり屋なのだ。

それはともかく、俊平の視線は、露わになった黒い草むらに釘《くぎ》づけだった。優美《ゆうび》な小判形をして、獣の印《しるし》のはずなのに気品さえあふれていた。縮《ちぢ》れが少なく、量も多すぎず少なすぎず、繊毛《せんもう》の一本一本に艶がある。

やはり、美人はこんなところまで綺麗らしい――俊平は感心しながら、美智子の両膝をつかんだ。脚を開くためだったが、美智子は太腿《ふともも》に力を入れて閉じたままにしようとした。

立っていたときはすらりと長く見えた両脚だが、太腿は妙に肉感的だった。力をこめて

プルプル震えている姿は扇情的だったが、脚を閉じたままではクンニはできない。美智子だって、そんなことくらいわかっている。苦手を克服しようとしているのは、他ならぬ彼女自身なのである。

「力を抜いて……」

太腿を撫《な》でさすりながらささやくと、美智子は両手で顔を隠したまま、ふうっと大きく息をついた。何度か深呼吸してから、脚の力を抜いてくれた。

俊平は両脚をゆっくりとひろげていった。逆Vの字にした時点で、匂いたつ股間に鼻面を突っこんでいきたくなったが、下品な振る舞いはできなかった。彼女はクンニ処女なのだ。なるべくやさしく扱ってやるのが、男の務めだろう。

とはいえ、逆Vの字から膝を折り曲げ、M字開脚に近づけていくと、目の前の光景は一気にどぎつくなった。セックスという存在を知ったローティーンのころ、男女がひとつになるときの女の格好を画像で見て、なるほど女にとってセックスは途轍もなく恥ずかしいものに違いないと合点《がてん》がいった。

これほど恥ずかしい格好がこの世にあるのかと驚いたほどだった。なにしろカエルをひっくり返したようなのだから、屈辱《くつじょく》的でさえあるだろう。しかし、男にとってその格好は、どれほど美しい絶景も敵《かな》わないほど心を躍らせる。羞じらっている美智子には申し訳ないが、むさぼり眺めずにはいられない。

「あああっ！」

両脚を完全なるM字に開脚すると、美智子は羞じらいにあえいだ。その両脚の中心には、女の花が咲いていた。

花びらのアーモンドピンク色が、眼にしみた。体のどこを探しても、これほど卑猥な色は他にはない。秘めやかさを象徴するように、いやらしい色艶に輝いている。

縮れやくすみがほとんどない綺麗な花びらで、美しいシンメトリーを描いていた。合わせ目がかたちづくる真っ直《す》ぐな縦《たて》一本筋は、眼にしみるアーモンドピンク色に勝《まさ》るとも劣《おと》らぬいやらしさで、俊平を魅了《みりょう》した。

「そっ、そんなに見ないでっ……」

美智子が声を震わせる。彼女の両手はまだ、顔を隠したままだった。なのに見ていることがわかるということは、視線を感じているのだろうか。感じるに違いない、これほど熱烈に見つめていれば……。

合わせ目の縦筋をなぞるように、熱い視線を動かしていく。呼吸がみるみる荒くなっていき、美智子の花にぶつかって淫らな匂いを孕んで戻ってくる。

いくらシャワーで洗い流しても、すっかり匂いを消し去ることはできないのだろう。

薔薇の香りではなく、磯の香りがした。

海の匂いと言ってもいい。

俊平はクンニ童貞なのに、どういうわけか懐《なつ》かしい匂いだと思った。

「あああっ！」

舌先を縦筋に這わせると、美智子はビクンと腰を跳ねあげた。クンニ処女という話が本当なら、これがファーストタッチなはずだった。生まれて初めて、この部分を舐められたのだ。

俊平は唾液の滴《したた》る舌で、さらに舐めた。ペロリ、ペロリ、と縦筋をなぞりたてていくと、やがて合わせ目がほつれ、つやつやと濡れ光る薄桃色の粘膜《ねんまく》が恥ずかしげに顔をのぞかせた。

「いっ、いやっ！」

美智子はもう耐えられないとばかりに、両手で股間を隠そうとした。しかし、俊平も俊平で頭に血が昇っており、彼女の両手を乱暴につかむ。左右の肘《ひじ》を使ってM字開脚をキープしながら、夢中になって舌を躍らせる。磯の香りが濃くなっていく。胸いっぱいに吸いこんでやる。

「ああっ、いやっ！　やっぱりダメッ！　もうやめてっ！」

美智子は美貌《びぼう》を真っ赤に上気《じょうき》させて泣き叫ぶように言ったが、俊平はやめられなかった。ほつれた花びらの間から、透明な粘液がトロリとあふれだしていた。つまり、彼女は感じているのだ。泣きたくなるほど恥ずかしいかもしれないが、気持ちがいいことは気持ちいいのだ。

「ああああーっ！」

花びらを口に含むと、美智子は腰を反《そ》らせてのけぞった。やはり、感じているようだった。俊平はくにゃくにゃした貝肉質の花びらを交互にしゃぶりまわし、蝶々《ちょうちょう》の羽根のようにひろげていった。剝きだしになった薄桃色の粘膜は幾重にも渦《うず》を巻いて、ひくひくと息づいていた。息づくほどにいやらしい匂いのする蜜を漏《も》らし、女体の発情を伝えてきた。

じゅるっ、と音をたてて蜜を啜《すす》りあげると、

「いやあああっ……」

美智子は目尻をさげたいまにも泣きだしそうな顔を向けてきた。

「啜らないでっ……啜らないでちょうだいっ……」

俊平がごっくんと喉を鳴らして嚥下《えんか》すれば、美智子は泣き顔になった。そのリアクションに興奮し、俊平は啜りあげては嚥下した。体の内側にも、磯の香りと海の匂いが満ちて

いくのがわかった。

「ねえ、お願いっ……もういいっ……もうやめてっ……はぁううううっ！」

美智子が言葉を継げなくなったのは、俊平の舌がついにクリトリスをとらえたからだった。たぶんクリトリスだ。合わせ目の上端を舌でまさぐっているうちに、小さな突起を感じた。薄闇に眼を凝《こ》らすと、米粒ほどの肉芽が、包皮から顔を出していた。こんなに小さいものなのか、と訝《いぶか》りながら舐め転がしてやると、美智子の反応があきらかに変わった。

「はぁああっ……ダッ、ダメッ……ダメダメダメッ……はぁあああっ……はぁううううーっ！」

激しく身をよじりながら、髪を振り乱して首を振った。ガクガクと腰を震わせては、全身の素肌を汗ばませていった。ダメと言っていても、もう両脚を閉じようとはしなかった。むしろ腰を反らせて股間を突きだし、さらなる刺激を求めているように見えた。

それにしても……。

これほど小さな肉芽が、大人の女をここまで乱れさせるのだから、クリトリスというのは恐ろしい器官だった。バスルームでは、俊平のペニスが釣りあげられたばかりの魚のようにビクビク跳ねていたが、いまは美智子の体がそんな感じである。丸い乳房を上下に揺すりたて、細い腰を淫らがましくくねらせる。時折体中を小刻みに痙攣《けいれん》させては、背中を弓なりに反らせてのけぞっていく。息もできないまま、真っ赤な顔でなにかをこらえるように身をこわばらせる。

「ダッ、ダメようっ……そんなにしたらっ……そんなにしたらっ……」

俊平の胸に予感が訪れた。

これからなにか、とんでもないことが起こりそうだと……。

「イッ、イクッ！　イッちゃううううーっ！」

ビクンッ、ビクンッ、とひときわ激しく腰を跳ねさせ、美智子はジタバタと暴れだした。電気ショックでも受けたように……。

その激しすぎる様子に、俊平は圧倒された。生まれて初めて目の当たりにした、女のオルガスムスだった。ＡＶで見るよりずっと強烈で、遥《はる》かに生々しかった。しばしの間、瞬きも呼吸も忘れて、眺めていることしかできなかった。

6

ベッドの上は静寂に支配されていた。

美智子の呼吸が整うと、窓のない密室には聞こえてくる音がなにもなくなり、不安を覚えるほどだった。

とはいえ、先ほどまでの熱狂の残滓《ざんし》はたしかに残っていて、空気がねっとりと湿っぽかった。あまりにも静かすぎるせいで、俊平の耳底には先ほどまで聞こえていた彼女の悲鳴が、こだまのようにリフレインしている。

美智子はシーツにくるまって、丸くなっていた。俊平がシーツをめくって顔をのぞきこむと、恨《うら》みがましい眼を向けられた。その瞳は涙に濡れて、化粧がかなり落ちていた。素顔でも美しかったが、頬には涙の跡が確認できた。

「すっ、すいません……」

俊平はつい謝ってしまった。

「ちょっと強引にやりすぎましたか？　でも、苦手を克服するためには、途中でやめたら意味がないと思って……」

「いいのよ」

言葉とは裏腹に、美智子の表情は険《けわ》しいままだった。どう見ても、怒っているように見えた。美しい大人の女が涙を流し、かつ怒っているという表情を、俊平はいままで目の当たりにしたことがなかった。正直ちょっと怖かったが、身震いを誘うほどセクシーでエロティックでもある。

「まさかイカされちゃうとは思わなかったけど……少し、気持ちが軽くなった。ひと皮剝けたっていうか……」

「これでご主人にも舐めてもらえそうですか？」

美智子は不快そうに眉をひそめ、質問には答えず上体を起こした。乳房から下はシーツで隠したままだった。

「いつまでそんなもの着ているの？」

「えっ？」

「女を裸にしておいて、自分だけ……」

「あっ、すいません……」

俊平はあわててバスローブを脱ぎ、全裸になった。勃起しきったペニスが唸《うな》りをあげて反り返り、裏側をすべて美智子に見せた。恥ずかしかったが、興奮がそれを上まわっている。裸になれということは、続きをするということだから……。

「今度はわたしの番ね……」

美智子は言うと、俊平の体をあお向けに横たえた。それから、体に巻いたシーツを取り、一糸纏わぬ姿で覆い被《かぶ》さってきた。

見つめあい、キスをされたが、俊平は気もそぞろだった。四つん這いになった美智子の姿が、いやらしすぎたからである。M字開脚もいやらしかったが、あっちはいささか身も蓋《ふた》もない。一方の四つん這いは、女体をとびきりエロティックかつ美しく見せるポーズのようだ。できることなら彼女の下からすり抜けて、四方八方から眺めまわしたかった。

それに、美智子は「今度はわたしの番」と言った。クンニリングスから攻守交代という意味であろうから、フェラチオが期待できる。

「ぅんんっ……ぅんんっ……」

美智子はひとしきり舌と舌をからめあうと、少し後退って、乳首を舐めてきた。バスルームでいじられたときはくすぐったいだけだったが、今度は身をよじってしまった。四つん這いで男の乳首を舐めてくる美智子の姿に、興奮させられたからだ。少し鼻をもちあげた、高慢《こうまん》そうな顔で舌を伸ばしてくる表情が、たまらなく官能《かんのう》的だった。

上半身のあちこちにキスの雨を降らせながら、美智子はじりじりと後退っていき、やがて俊平の両脚の間に陣取った。となると、もちろん彼女の顔の前には、そそり勃《た》ったペニスがある。

美智子の眼が泳いだ。なにか言いたいようだったが、黙って肉竿に指をからめてきた。ただそれだけで、俊平の腰はビクンと跳ねた。パンパンに膨張《ぼうちょう》したペニスは、いつも以上に敏感になっていた。なっているに決まっている。なにしろこれは、生まれて初めて経験するフェラチオ……。

「……うんあっ！」

美智子は唇を割りひろげ、ピンク色の舌を差しだした。息を呑《の》んで見つめている俊平の眼には、彼女の舌がやけに長く映った。美智子はその長い舌をからみつけるようにして、ペニスを舐めはじめた。

生温かい舌の感触に、俊平は叫び声をあげそうになった。気持ちがいいとか悪いとか、そういうこと以前に、異次元の刺激に驚いた。

美智子はまず、先端から唾液をまぶすように舌腹を這わせてから、舌先でチロチロと裏筋をくすぐってきた。飴《あめ》玉をしゃぶるように亀頭を口の中に入れては、カリのくびれを舐めまわした。

そうしつつも、根元にからめた指は上下に動いていて、俊平はあっという間に淫らな刺激の虜《とりこ》になった。できることなら、美智子のようにあえぎたかったが、男なのでそれはできない。顔を燃えるように熱くして眼を見開き、ふうふうと鼻息を荒げながら、美智子を見る。興奮しすぎて鬼の形相《ぎょうそう》をしていたと思う。

見つめ返してくる美智子の眼は、クールに据わっていた。クンニ直後の険しい表情が抜けないまま、どこか怒ったような眼つきで亀頭をしゃぶり、舌を躍らせる。だが俊平は、もう怖くなかった。フェラをしているからだ。眼つきは怒っているようでも、やっていることは男のイチモツを舐めたりしゃぶったりなのだ。むしろそのギャップにそそられ、興奮だけがレッドゾーンを振りきっていく。

「すごいカチンカチン……」

唾液にまみれた肉竿をしごきながら、美智子が言った。

「どうしてこんなに硬くなってるの？　わたしのオマンコ舐めて、興奮しちゃったの？」

俊平は言葉を返せなかった。心臓だけがバクバクいっていた。女優のような美人のくせに「オマンコ」なんて言っていいのだろうか？

「わたし、とっても恥ずかしかったんだから……処女を失《な》くしたときより恥ずかしかったかも……」

据わった眼に嗜虐《しぎやく》の炎が灯《とも》ったので、

「そっ、そんなこと言われても……」

俊平はさすがにたじろいだ。

「ぼぼぼ、僕は美智子さんのことを思って……」

「だってこんなことされたのよ」

次の瞬間、俊平の両脚を大きくひろげられ、体を丸めこまれた。俊平はもう少しで悲鳴をあげてしまうところだった。Ｍ字に割りひろげられた自分の両脚の間から、美智子の顔がのぞいていた。

これはマングり返しならぬ、チングり返し……。

「恥ずかしいでしょ？　こんな格好で舐められたら……」

ペニスをしごきながら美智子が舐めてきたのは、亀頭でもカリのくびれでもなかった。チングり返しによって剝きだしになったアヌスに、生温かい舌が這いまわってきた。

「おおおっ……うおおおっ……」

俊平は叫ぶように悶《もだ》え声をあげた。身をよじって逃れようとしたが、美智子は細身のくせに力が強く、チングり返しから逃れられない。

「くっ、くすぐったいっ……くすぐったいですっ……」

「くすぐったいけど、気持ちいいでしょ？」

美智子が勝ち誇った顔で言う。実際、その指摘は間違っていなかった。アヌスを舐められるのはくすぐったく、いけないことをされている背徳《はいとく》感に身がすくんだが、同時にペニスをしごかれているのである。その刺激のせいで、チングり返しから逃れることができないのだ。アヌスを舐めるのはやめてほしくても、ペニスをしごくのはやめてほしくない。

「おっ、お尻はやめてくださいっ……おっ、お願いっ……」

顔が熱くなり、尋常ではない量の脂汗が噴きだしてくる。

「わたしもそう言ったわよね。でもキミはやめてくれなかった……」

「あああーっ！」

ヌプヌプとアヌスに舌先を差しこまれ、俊平は悶絶《もんぜつ》した。まったく、綺麗な顔をしてどこまで大胆な女なのだろう。

とはいえ、俊平は脂汗にまみれた顔をくしゃくしゃにしつつも、次第にその刺激の虜になっていった。自慰《じい》では絶対に味わえない、未知の快感がそこにあった。強引な力業で性感を開発されるこの感じは、なるほどクンニ処女を奪われるのに似ているのかもしれない。

ならば甘んじてこの責めを受けきるしかないのか……。

「どんどん硬くなってくるわよ……」

美智子が口許だけで卑猥に笑う。エレガントな女優顔が、次第に悪魔のように見えてくる。

「このまま出したら、自分の顔にかかっちゃうんじゃない？」

「やっ、やめてっ……許してっ……」

女のようなか細い声で哀願《あいがん》する自分に絶望しつつも、ペニスの芯が熱く疼《うず》きはじめていた。射精の前兆《ぜんちょう》である。このままでは本当に、自分の顔に向けて発射するという醜態《しゅうたい》をさらしてしまうかもしれない。こちらは美智子がイクまでクンニをやめなかったのだ。そこまでしなければ、美智子の溜飲《りゅういん》は下がらないのかもしれないが……。

「オッ、オマンコッ！」

気がつけば叫んでいた。

「みっ、美智子さんのオマンコに入れたいっ！　このままはっ……このまま出すのはいやだっ！」

美智子は一瞬、毒気を抜かれたような顔になって、チングり返しの体勢を崩した。ハアハアと息をはずませている俊平を尻目に、悔しげに唇を歪める。

「なんてはしたないことを口走るの？」

自分だってさっき言ったじゃないか、と思ったが言わなかった。したたかにペニスをしごかれつづけた余韻《よいん》で体中が小刻みに痙攣していたし、アヌスがヌルヌルしているのも、卑猥な気分に拍車《はくしゃ》をかける。

「でもいいわ……そんなに入れたいなら、入れてあげる……」

美智子は俊平の腰にまたがると、片膝を立てた格好で性器の角度を合わせてきた。自分から男にまたがるという大胆なことをしているのに、片膝を立てているせいか、その姿はほのかに上品さが漂っていた。

「いくわよ……」

美智子はひときわキリッとした顔で言うと、ゆっくりと腰を落としてきた。ずぶっ、と亀頭が呑みこまれた。しかし、いきなりすべてを呑みこんでこなかった。穴の入り口で亀頭をしゃぶるようにして、股間を上下させる。片膝を立てた姿のまま、眉根を寄せ、眼の下をねっとりと紅潮させていく。

「んんんっ……んんんんっ……」

まったく、なんといういやらしいやり方だろう。美智子の中はよく濡れて、亀頭をチャプチャプと泳がせるほどに、肉竿に蜜を滴らせる。俊平の陰毛までしたたかに濡らしながら、しつこく浅瀬で出し入れをする。

「おっ、奥までっ……奥までお願いしますっ！」

俊平がたまらず言うと、

「焦《あせ》らないで」

美智子は怒ったようにこちらを睨み、

「試してみたいことが……あるんだから……」

倒しているほうの膝を、ゆっくりと立てていった。俊平の腰の上で、M字開脚を披露《ひろう》したのである。

「あああっ……」

美智子のもらした声は、羞じらいの色に染まっていた。だが同時に、羞じらいを乗り越えたいという、強い意志も伝わってくる。

俊平は、いやらしすぎる光景に絶句していた。エレガントな女優顔の女が両脚をM字に割りひろげ、亀頭だけを咥《くわ》えこんでいるのである。穴の入り口を唇のように使って、しゃぶっているのである。

カリから下の肉竿の部分が見えているのが、衝撃的に卑猥だった。女陰にペニスが刺さっているのが丸わかりで、セックスをしているという実感を、視覚で存分に堪能《たんのう》させてくれる。

「ああっ、いいっ……」

股間を小刻みに上下させていた美智子は、次第にハアハアと息をはずませはじめ、と同時に結合がじりじりと深まっていった。M字開脚の中心が、ペニスの根元に近づいてくる。それでもしつこく股間を上下させるので、アーモンドピンクの花びらが、肉竿に吸いついては巻きこまれていくあられもない様子が、つぶさにうかがえる。

「こっ、こんなこと、夫にもしたことがないんだからっ……」

美智子は震える声で口走ると、

「あああーっ！」

ひときわ甲高い声をあげて、最後まで腰を落としきった。

「きっ、きてるっ……奥まできてるっ……」

ぶるぶるっ、ぶるぶるっ、と裸身を震わせながら、きりきりと眉根を寄せていく。

「いっ、いちばん奥までっ……とっ、届いてるうううーっ！」

いまにも感極まりそうな声で言い、俊平に両手を伸ばしてきた。俊平も両手を伸ばし、指と指を交錯《こうさく》させて、しっかりと握りあった。

バランスをとることに成功した美智子は、両脚をM字にひろげたまま腰を使いはじめた。ゆっくりと股間をあげては、体重をかけて落としてくる。そのたびに豊満な尻が、パチーン、パチーン、と音をたてる。

「あああっ……はぁあああっ……」

リズムに乗ってくると、薄闇の中でもはっきり、美智子の顔が紅潮しているのがわかった。元が美形なだけに、喜悦《きえつ》に歪んだ表情がたまらなく淫らだった。パチーン、パチーン、と尻を鳴らすたびに、胸のふくらみも揺れはずんだ。先端を卑猥に尖らせて揺れる双乳はセクシャルで、俊平は両手を伸ばして揉みしだきたかったが、手を繋いでいるのでできなかった。美智子が握ってくる力は、一秒ごとに強くなっていった。まるでそれが発情のバロメーターのように、俊平には感じられた。

「ねえ、イキそうっ……もうイッちゃいそうっ……」

美智子が切羽《せっぱ》つまった声で言う。つかんだ両手に力をこめながら、パチーン、パチーン、と尻を鳴らす。双乳を揺らして身をよじる。ハアハアと昂《たか》ぶる吐息が限界まで速まり、顔がくしゃくしゃに歪んでいく。

「ああああっ、イッ、イクッ……もうイクウウウウーッ！」

白い喉を突きだしてのけぞり、ガクンッ、ガクンッ、と腰を震わせた。その震動が全身に及び、体中を痙攣させながら歓喜の悲鳴を撒《ま》き散らす。

「あああああーっ！　はぁあああああーっ！」

眼をつぶり、歯を食いしばって、ひとしきりこみあげてくるものを噛みしめると、急にガクンと腰を折り、俊平に覆い被さってきた。受けとめたその裸身は驚くほど熱く火照り、汗にまみれていた。余韻に身をよじりながら、俊平の頭を掻き毟り、熱いキスを浴びせてきた。

「やだもう……またわたしだけイカされちゃった……」

恨めしげに言いながら、濡れた瞳で見つめられ、俊平は奮い立った。いまのはこちらがイカせたというより、彼女が自分でイッたようなものだった。もう一度、今度はしっかり自分の力でイカせてみたい。

「続けても、いいですか?」

訊ねると、美智子はハアハアと息をはずませながらうなずいた。俊平は両手で彼女の尻をつかみ、下から律動《りつどう》を送りはじめた。

7

朝が来た。

といっても、窓のない密室には朝陽は差しこんでこないし、男女の性臭が充満した空気は、夜を乗り越えたさわやかさとは無縁だった。寝ぼけまなこをこすって枕元のデジタル時計を見ると、午前七時十五分を表示していた。

二時間ほど眠っただろうか。

明け方までお互いの体をむさぼりあっていた俊平と美智子は、眠りについてなお身を寄せあい、相手の体にしがみついていた。我ながら、ずいぶんと頑張った。四度も射精するほど腰を振りつづけ、すっかり精魂《せいこん》尽き果てていた。美智子がイキやすいので、しつこく求めずにいられなかった。男にとってセックスのゴールは射精だけれど、満足感は女の反応次第らしい。乱れる美智子は美しく、魅力的で、抱けば抱くほどさらに抱きたくなった。

「そろそろ起きたほうがいいんじゃないですか……」

まだうとうとしている美智子にささやくと、

「うん……」

美智子は気怠《けだる》げに体を起こして、俊平にキスをした。妙に生ぐさい味のするキスも、荒《こう》淫《いん》の余韻だろう。

「すごかった……ゆうべはずいぶん燃えちゃったね……」

「時間、大丈夫ですか？」

「わたし、専業主婦だもん。仕事なんてしてないし」

「でもほら、ご主人の朝ごはんとか……」

「こういう状況で、そんな無粋《ぶすい》なこと言わないの」

美智子はのろのろとベッドからおり、覚束《おぼつか》ない足取りでバスルームに向かった。後ろ姿から、濃密な色香が漂ってきた。腰のくびれと尻の丸みのコントラストが、身震いを誘うほどエロティックで、時間に制約がないなら、もう一度くらい挑みかかっていきたかった。

しかし、美智子にその気はないようで、バスルームから出てくるとすみやかに服を着て、化粧をしはじめた。

俊平はシャワーを浴びずに服を着た。美智子の匂いを、まだ体に纏っておきたかった。

「キミはこれからどうするの？」

「えっ……ああ……とりあえず朝ごはんを食べて、それから考えます」

眼を覚ましたのも空腹のせいで、完全にバッテリー切れだった。なにか食べなくては、次のことなど考えられそうにない。

「なに食べるの？」

「牛丼屋の朝定とか」

「やだもう。そんなの東京にもあるでしょう。せっかく港町に来てるんだから、市場に行ってみなさい。おいしいお魚が食べられる定食屋さんがあるの。この時間からやってるはずよ」

「へえ、いいですね」

笑顔で答えつつも、俊平は一抹《いちまつ》の淋しさを感じていた。魚市場に隣接している定食屋なら、なるほど旨い朝食にありつけそうだった。焼き魚、煮魚、刺身、あら汁。どれも好物だから、想像しただけで生唾がこみあげてくる。

だが、美智子は「行ってみなさい」と言った。一緒には行ってくれないわけだ。ゆきずりのワンナイトスタンドなのだから、当然かもしれない。しかも彼女は、地元の人間。若い男と朝食を食べているところを誰かに目撃されたりしたら、おかしな噂がたってしまうかもしれない。いささか淋しいけれど、ホテルを出たところで別れるのがスマートなやり方だろう。

準備を整えて部屋を出た。

廊下でもエレベーターの中でも、お互い口をきかなかった。もう一度会いたいなら、自分から連絡先を訊ねたほうがいいに違いない。俊平には未練があったが、美智子の表情が妙にさっぱりしていたので、言いだせなかった。彼女にその気がないなら、諦めたほうがいい。

スモークガラスの自動扉を抜けてホテルから出ると、朝陽がまぶしすぎて驚いた。美智子も眼を細めて笑っている。

「じゃあね……」

「ええ……」

別々の方向に歩きだそうとしたとき、電信柱の陰から男がひとり、ふらりと姿を現わした。

厳つい顔にダブルのスーツ——ゆうべのやくざだった。朝陽がこれほどまぶしいのに、ゴキブリのようには退散してくれなかったらしい。

ズン、ズン、とこちらに近づいてきた。俊平は青ざめて身構えたが、男は俊平には一瞥《いちべつ》もくれず、後ろにいた美智子の前に立った。

様子がおかしかった。ゆうべは震えあがるほど眼光が鋭かったはずなのに、いまにも泣きだしそうな顔をしている。全身から疲労感が滲《にじ》みでており、よく見ると、ダブルのスーツはよれよれで、黒い革靴《かわぐつ》は埃《ほこり》まみれだった。

「もういい加減にしてくれ……」

男は美智子の前で力なく地面に膝をついた。

「ひと晩中、探してたんだ。おまえのことだから、ラブホテルにしけこんだんだろうと思うと、いても立ってもいられなかった……」

美智子はひどくしらけた顔で、ふうっとひとつ息をついた。

男が続ける。

「たしかに……たしかに最初に浮気をしたのは俺のほうだ。でも、もういいじゃないか？これでいったい、何回目の報復《ほうふく》だ？ いつまでも根にもって、浮気を繰り返すのはやめてくれ……俺はおまえと別れる気はない。心を入れ替えて、今後いっさい女遊びをしないと誓う。だからもう勘弁してくれ。この通りだから、二度と浮気は……」

男が土下座《どげざ》して地面に額《ひたい》をこすりつけはじめたので、

「みっともないからやめてちょうだい。こんなところで……」

美智子は男の腕を取って立ちあがらせた。

「浮気をやめてくれるかい？」

「わかったから行きましょう」

美智子は男の腕を引っ張って歩きだした。一度も俊平のほうを振り返らずに、まぶしい朝陽の降り注《そそ》ぐラブホテル街から去っていった。

俊平は呆然《ぼうぜん》と立ち尽くしたまま、しばらくその場から動けなかった。

あの男はつまり、美智子の夫だということなのだろうか？

やくざというのは作り話で……いや、やくざかもしれないが、そうなると美智子は極道《ごくどう》の妻？

にわかに寒気が襲いかかってきたが、さすがにやくざはないだろうと思い直した。修羅場に生きる悪党が、浮気をしたとかしないとかで、土下座などするはずがない。しかも、朝陽の降り注ぐラブホテル街で……。

いったいどこまでが作り話で、どこからが本当なのだろう？

美智子がサレ妻というのは、彼女の話と男の話が一致しているから、そうなのだろう。男によれば、自分の浮気がきっかけで、美智子も浮気を繰り返すようになったということらしいが、俊平にはそれが単なる報復行為とは思えなかった。

美智子は本人が申告したとおり、極端な恥ずかしがり屋だった。クンニリングスをされたことがないという話も嘘とは思えず、正確なクンニ処女かどうかはともかく、ひどく苦手にしていたことは間違いない。そして、それを克服しようとしていたのも……。

となると、その目的はやはり、夫婦の営みのためということになる。真っ暗にしたバスルームで、美智子は言っていた。夫の浮気には自分も責任があると。裸を見せない、クンニをさせない自分の頑なさが、夫を浮気に走らせたのではないかと……。

「……ふうっ」

俊平は深い溜息をついて歩きだした。頭の中で理屈《りくつ》をこねくりまわしたところで、本当のことなどわかるわけがなかった。

実際のところ、美智子の振る舞いは全部嘘で、ただの好き者、淫乱《いんらん》だったという可能性だってある。夫の浮気をきっかけに、男遊びに目覚めてしまい、恥ずかしがり屋やクンニが苦手という話も、セックスを盛りあげるために、そういうキャラクターを演じていただけかもしれないし……。

「まったく……」

もう一度深い溜息をついた。

男と女はどうして、こんなにもわからないことだらけなのだろう。

第二章　観音裏《かんのんうら》にて

1

俊平は男と女の関係に翻弄《ほんろう》された半生を送ってきた。

ファーストインパクトは、両親の離婚である。

中一のときのことだ。夏休みの終わりごろで、市民プールから帰ってくると、突然母親がいなくなっていた。父親は薄暗い居間に座りこんだまま、俊平の顔も見ないで言った。

「離婚だ」

父親はもともと異常に無口だったので、それ以上の説明はなかった。訳のわからないまま、生活が一変した。駅前のアパートから、ひどく不便なところにある父親の実家に引っ越し、中学校も転校。それだけでも適応するのが大変だったが、口うるさい父方の祖父母を俊平は大の苦手にしていた。玄関で靴《くつ》を揃《そろ》えて脱がなかっただけで、五分、十分と説教される。毎日顔を合わせるたびに説教、説教、説教の連続で、「まったくどういう躾《しつけ》をされたんだか」と、もれなく母親に対する嫌味もついてくる。

そんな生活に嫌気が差しても、中学生の俊平は無力だった。養《やしな》われている身では、文句を言っても虚《むな》しいだけだ。

そこで、中学を出ると進学せずに、東京に出て板前の修業をすることにした。とにかく家を出たかった。折り合いの悪い祖父母から逃れたかっただけではなく、もうひとつ理由があった。

「あら、あなた知らなかったの？　離婚の理由」

あるとき、おしゃべりで噂《うわさ》好きの親戚のおばさんに教えられた。

「お父さんの浮気よ。ああ見えてモテるから、昔っからお母さんは泣かされてたみたいだけどね。とうとう堪忍袋《かんにんぶくろ》の緒《お》が切れたみたい。そりゃあね、自分より十も二十も若い女と浮気されたら、わたしだって別れたくなるわよ」

俊平は驚いた。小さな経理事務所を経営していた父親を、浮気や不倫とはおよそ縁のない、真面目《まじめ》な堅物《かたぶつ》と思っていたからだ。しかし、そのおばさんによれば、自分の会社に若い女を雇《やと》うたびに手を出していた好色漢《こうしょくかん》だったらしい。

「セクハラってわけじゃないのよ。女のほうが、放っておけなくなっちゃうみたい。不思議よねえ、あんなに無口な人、わたしだったら絶対に嫌だけど、蓼《たで》食う虫も好きずきだから……」

憤懣《ふんまん》やるかたない、という感情を、俊平はこのときに理解した。浮気を繰り返していた父も父だが、実家に帰ったまま電話ひとつしてくれない母も母だった。要するに、両親にとって自分はどうでもいい存在だったのだ。

ならば好きに生きてやろう、と腹を括《くく》った。高校に進学しないと宣言すると、祖父母は怒り狂って考えを改めるように迫ってきたが、関係なかった。中学校の卒業式に出ると、着替えを詰めたリュックひとつで上京した。卒業証書と卒業アルバムは、駅のゴミ箱に捨ててきた。過去は振り返らないという、自分に対する決意表明のつもりだった。

北関東の田舎《いなか》町に育った俊平にとって、東京といえば浅草だった。最寄りの駅から上り電車に乗ると、終点が浅草なのだ。小学校にあがる前くらいのころ、両親によく連れてきてもらったし、板前になろうと決めてからはひとりでよく足を運んでいた。

渋谷《しぶや》や六本木《ろっぽんぎ》はおしゃれすぎて行く気にもなれなかった。新宿《しんじゅく》や池袋《いけぶくろ》や上野《うえの》は威圧《いあつ》感があって怖かった。その点、浅草なら、田舎者の自分もするりともぐりこめそうな隙間がたくさんあるように思えた。

ひと口に浅草と言っても、さまざまな顔がある。雷門《かみなりもん》のあたりは観光客がごった返しているし、隅田川《すみだがわ》沿いは北に行くほどホームレスが増える。国際通《こくさいどお》りはその名の通り国際色豊かで、フレンチ、イタリアン、中華、コリアンなどはもちろん、ロシア料理店、ブラジル料理店、ケバブのスタンドなどが賑々《にぎにぎ》しく立ち並び、フィリピンパブやタイ式マッサージ店までが揃っている。

そういう浅草も嫌いではなかったが、俊平が狙《ねら》いを定めていたのは、浅草寺《せんそうじ》の裏手、言問通《ことといどお》り以北にある通称「観音裏《かんのんうら》」と呼ばれる地域だった。

観光客がほとんど来ない、地元の人間が御用達《ごようたし》にしている飲食店街で、伝統ある料亭などもあるのだが、基本的に大箱の店は少ない。ふぐやスッポン、寿司屋や小料理屋など、味自慢の小さな個人経営店が集まっていて、柳の揺れている街並みに風情《ふぜい》がある。

言ってみれば「渋い」盛り場なのだが、中学を出たばかりの俊平には、それがひどく大人《おとな》びて見えた。板前修業と言えば普通、大箱の店で寮住まいなどをして、朝から晩まで掃除《そうじ》や洗い物をしているイメージがあるが、そういう体育会系のノリに自分がついていけるとは思えなかった。

履歴書を片手に「従業員募集」の貼り紙を出しているところをまわった。中学を出たばかりと言うとほとんどの店で門前払《もんぜんばら》いされ、絶望しかけたが、捨てる神あれば拾《ひろ》う神ありで、一店だけ快《こころよ》く雇ってくれたところがあった。

焼鳥屋〈とり作《さく》〉である。

そこもまた、カウンターだけの小さな店で、三十代前半の若い夫婦がふたりで切り盛りしていた。俊平が恐るおそる格子戸《こうしど》をくぐり抜けたのは、もうすぐ日暮れになりそうな時間だった。

「ごめんください……」

何軒も門前払いを受けたあとだったので、完全にビビッていた。客席側の照明がつけられていない店内は薄暗く、カウンターの中では、リーゼントに黒いダボシャツ姿の店主が、黙々《もくもく》と串打ちの作業をしていた。

元暴走族のリーダーで、昔は相当やんちゃしてました、という雰囲気《ふんいき》だったので、俊平の諦《あきら》め気分はその時点でマックスに達した。とはいえ、いきなり踵《きびす》を返すわけにもいかず、

「従業員募集って、表に貼り紙がありますけど……」

おずおずと切りだすと、店主はチラリとこちらを見て、

「若いね」

作業の手もとめずにボソッと言った。それきりしばらく黙っていた。やはり、若いからダメ、ということらしい。たしかに、酒を出す店で働くのに、十五歳はいささか若すぎる

のかもしれない。

「家出とかじゃありませんから。いちおう中学を卒業して、板前になるために修業をしようと……」

俊平はリュックから履歴書を出し、カウンターにひろげたが、店主は一瞥《いちべつ》もくれなかった。

「板前になりたいのか？」

「はい！」

「うちは焼鳥屋だよ。焼鳥の修業しかできないよ」

「かまいません。そういうのも格好いいというか、いかにも職人っぽくて……」

「中卒じゃ、どこも雇ってくれなかっただろ？」

「えっ？　はっ、はい……」

「いまどき高校も出てないんじゃ、相当なトンパチかもしれんって、偏見の眼で見られるよな」

「いっ、一生懸命頑張ります！」

「頑張るのなんて当たり前なんだよ。男が仕事を頑張らなくて、なにを頑張るんだよ、馬《ば》鹿《か》野郎」

「ただ仕事には向き不向きがあるからな。向いてないことを一生懸命やったところで、つらいだけだし、結果も出ない。だから、おまえさんが焼鳥屋に向いてるかどうか、試してやるのはかまわないよ」

「雇ってもらえるんですか?」

俊平は身を乗りだした。

「あっ、その……試用というか、そういうのでもかまいませんから、働かせてもらえるなら……」

「俺のやり方はハンパじゃないぜ」

店主は作業の手をとめ、睨むように俊平を見てきた。

「こんな小さな店だが、客の入りは観音裏で一、二を争う。ダラダラ仕事しやがったら、客前だって俺は怒鳴《どな》るし、手が出ちまうこともある」

「……すいません」

「はっ、頑張りますっ!」

内心震えあがっていたが、俊平は直立不動《ちょくりつふどう》で叫んだ。ようやく採用してくれそうな店が見つかったのだ。せっかくのチャンスを逃してしまうわけにはいかなかった。

「試用期間は一カ月。その間に、俺が向き不向きを見極めてやる」

「明日から来ればいいんですか？」

「どうせ暇なんだろ、いまから働いていけ」

「はっ、はいっ！」

店主の出してくれた白い作業着に着替えさせられ、店内の掃除を命じられた。恐るべき展開の速さだった。格子戸をくぐり抜けてから、まだ十分と経《た》っていなかった。

「ところで、どうして俺がおまえさんを試してみる気になったと思う？」

店主に訊《たず》ねられ、

「えっ？　ああ、眼がきれいだったとか？」

訳がわからなかったので適当に答えると、スパーンと頭を叩《たた》かれた。

「アホかテメエは。鏡見てみろ、鏡。おまえを試してみようと思ったのは、俺も同じだからだよ。いまどき中卒、いや、中学だってろくに出ちゃいねえ、世間のやつらの鼻つまみさ。だが、焼鳥を焼かせりゃ浅草でナンバーワン、誰にも負けやしねえし、同世代のサラリーマンの何倍も稼《かせ》いでる。わかったか？　学歴がねえと世間の風は冷たいが、早く俺みたいに偉《えら》くなれ」

そう言うと、店主は笑った。無邪気で、純粋で、少年のような笑顔だった。俊平は、その笑顔にやられてしまった。この人についていこう、と決めた。

それがその後、セカンドインパクトを与えてくれる、沢村優作《さわむらゆうさく》との忘れられない出会いである。

2

見た目は怖く、口は悪く、悪態《あくたい》のボキャブラリーは店のメニューよりずっと多くて、すぐに手が出る乱暴者だったが、俊平は優作が好きだった。ひとりっ子だったので、子供のころから兄という存在に憧《あこが》れていた。こういう兄がいたらよかったと思い、頭を張り倒されても、内心で笑っていた。

〈とり作〉で過ごした三年間は、掛け値なしに楽しい日々だった。

優作はもともと一流料亭で焼き方まで任されていた凄腕《すごうで》で、〈とり作〉の焼鳥はいままで食べたどんな鶏料理よりも柔《やわ》らかく、ジューシーで、一度食べたら忘れられず、「浅草でナンバーワン」と自称することに違和感はなかった。「客の入りが観音裏で一、二を争う」というのも、嘘《うそ》ではなかった。

ただそれは、焼鳥の味のせいだけではない、としばらくして気づいた。

優作の妻・茅乃《かやの》のファンも、常連客の中には多かった。あきらかに茅乃目当てで店に通っていると思われる向きが十人から二十人はいたし、俊平が働きはじめたことで茅乃の休みが増えたことに不平をもらす客は、その倍以上いた。

綺麗《きれい》な人だった。

静岡で出会った美智子のような、大輪《たいりん》の薔薇《ばら》を思わせるような華やかな美人とは少し違う。控え目なのに情感がある、あじさいや朝顔のような女だった。長い黒髪をひとつにまとめ、色は白く、眼鼻立ちは小づくり。いつも伏し目がちで、とくに優作が下品なジョークを飛ばしたときは、申し訳なさそうに長い睫毛《まつげ》をふるふると震わせている。

「茅乃ちゃん、どうして大将みたいな野蛮《やばん》人と結婚したの？」

客に不躾《ぶしつけ》な質問をぶつけられても、困った顔をするばかり。

「それが驚くなかれ、こいつのほうからモーションかけてきたんだって」

優作はいつも茅乃の代わりに答える。

「同じ料亭で仲居《なかい》をしてたんだけどさ、なにかっていうとまとわりついてきて、しまいには帰りに待ち伏せまでされたからね。こっちもやりたい盛りだし、まあいっかって……それがなれそめ。茅乃みたいなタイプは、俺みたいなのに憧れるらしいよ。ほら、あっちは月で、こっちは太陽だから」

客は誰も、優作の話になど感心していなかった。そんな話を恥ずかしそうな顔で耐えている茅乃を見てまぶしげに眼を細め、この人は本当にできた女房だと唸《うな》っていた。若い俊平でさえ、そう思ったくらいだ。

茅乃あっての優作、あるいは、茅乃あっての〈とり作〉だと、ふたりと一緒に過ごす時間が長くなればなるほど実感させられた。

優作のような唯我独尊《ゆいがどくそん》タイプには、茅乃のような尽くす女が不可欠なのだ。優作はたしかに凄腕の焼鳥職人だったが、好きなことしかやらない。串打ちと焼きには命を賭《か》けても、お金はどんぶり勘定《かんじょう》だし、細かいところまで眼が行き届かない。それをすべてフォローしているのが茅乃で、俊平が店を取りまわす基本的なことを教わったのは、ほとんど彼女からだと言っていい。

俊平自身は唯我独尊とは程遠い性格だったけれど、いずれ結婚するなら、茅乃のようなタイプがいいと思った。俊平にとって、ふたりは理想の夫婦だった。実の両親にそれを見られなかったこともあり、どこか偶像視《ぐうぞうし》に近い感情で優作と茅乃を眺めていた。

そんなふたりが、まさか別れる日が来るなんて……。

セカンドインパクトである。

その年の夏は、よく雨が降った。一日中雨のやまない気が滅入《めい》るような日が延々《えんえん》と続いていた。

俊平は毎日昼前に起き、「ランチ巡り」をしてから店に行くことを日課にしていた。和食、洋食、エスニックと、浅草には実にさまざまな料理屋がある。食べ歩きをすれば味の勉強になるし、店をたくさん知っていれば客に紹介することもできる。

しかし、あまりに不快な気候のせいで、その日課を中断せざるを得なかった。雨が降ると自転車に乗れないという理由もあるが、食欲もあまりなかった。となると、必然的に昼すぎまでグダグダと万年床《まんねんどこ》の上で過ごすことになるわけだが、ある日、ボロアパートの扉が唐突《とうとつ》にノックされた。

俊平はますます鬱々《うつうつ》とした気分になった。この部屋の扉をノックするのなんて、新聞や新興宗教の勧誘以外にないからだ。無視していたが、ノックはしつこく続いた。ボサボサの髪を掻《か》き毟《むし》りながら、思いきり不機嫌《ふきげん》な顔で扉を開けると、そこに茅乃が立っていた。

「まったく、男の人のひとり暮らしってダメねえ……」

六畳ひと間のアパートだったので、扉を開ければ部屋の中が丸見えだった。敷きっぱなしの布団《ふとん》に、脱ぎっぱなしの服、ペットボトルや雑誌が散乱し、俊平の顔は赤くなった。

「ゴミ袋、出して。あとホウキとちりとりも」

茅乃は断りもなくあがりこむと、部屋の掃除を始めた。こんな抜き打ち検査みたいなことをするなんてひどい、と俊平は胸底でむせび泣いた。だがやがて、長雨の鬱陶《うっとう》しい気分をさっぱりさせてくれようという、彼女なりの気遣いなのかもしれないと思い直した。

「あの人が別れるって……」

間違っていた。

畳の埃《ほこり》を掃《は》きだしながら、茅乃はボソッと言った。一瞬、なんの話かわからなかった。

「これからは、俊平くんとふたりでお店をやれって……」

「いったいなんの話ですか?」

俊平は顔を歪《ゆが》めて首をかしげた。昨日は週に一度の定休日だったのだが、なにかあったのだろうか。

「だから、離婚……」

こちらを向いた茅乃の眼は、よく見ると少し腫《は》れていた。泣き腫らしたのかもしれないと思うと、俊平は胸が苦しくなった。

「なっ、なにを言ってるんですか、まったく……」

わざとらしいほど大きな声をあげてしまった。

「茅乃さんと大将が離婚するわけないでしょ。茅乃さんがいなくなったら、困るのは大将のほうじゃないですか」

「好きな人がいるんだって……」

「〈フェアリー〉ってお店の人らしいけど、俊平くん、知ってる？」

「はあ？」

「観音裏の〈フェアリー〉ですか……」

俊平はその店に何度か行ったことがあった。優作に連れていかれたのだ。店そのものは、観音裏によくある昭和の風情が漂《ただよ》う小さなスナックなのだが、ママが異彩《いさい》を放っていた。スナックでも居酒屋でも、近隣の店を切り盛りしているのは五十代以上が圧倒的に多く、後期高齢者だって珍しくない。

ところが、〈フェアリー〉のママは二十二歳で、栗色の巻き髪がよく似合う西洋人形のような美人だった。なんでも、元は六本木のキャバクラでナンバーワンだったらしいが、知人に頼まれて短期間だけママを引き受けたという。

「六本木のキャバクラなんて、ちょっと飲んだだけで、五、六万も平気でとられるんだぜ。それが〈フェアリー〉なら、一万もあれば朝まで飲めるんだからな。夢のような話なのだよ、俊平くん。俺ばっかいい思いしてるのは良心が痛むから、たまにはキミも連れてってあげよう」

「いやあ……飲めないからいいですよ」

「つれないこと言うなよ。とにかくママの顔を拝《おが》むだけ拝んでみろって。これからしばらくズリネタには困らないぜ」

　半ば強引に連れていかれたのだが、優作の話は嘘ではなかった。翔子《しょうこ》という名前の〈フェアリー〉のママは、グラビアアイドルと見まがうほど可愛《かわい》い顔をしているだけではなく、その顔に似合わないほど凹凸《おうとつ》のくっきりした悩殺《のうさつ》的なスタイルをしているだけではなく、ボディラインを露《あら》わにするキラキラしたミニドレスを着ていて、眼も眩《くら》むほどセクシーだった。呆《あき》れるほど深い胸の谷間と、光沢のあるストッキングに包まれたムチムチの太腿《ふともも》がとくに……。

「どうよ、俺様が言った通りの別嬪《べっぴん》さんだろ?」

　得意げに笑っている優作をよそに、俊平は緊張しきって烏龍茶《ウーロンチャ》ばかりをがぶ飲みし、結果、トイレが近くなってひどく恥ずかしい思いをした。

〈フェアリー〉はカウンター席が五つと、テーブル席がひとつだけの小さな店なので、ママがひとりで切り盛りしていた。つまり、〈フェアリー〉の女と言えば、翔子のことだ。

　にわかには信じられなかった。

　まさか、優作があの翔子と浮気をしていたなんて……。

3

気持ちはわからないでもなかった。

男なら誰だって、目の前に翔子のような女がいれば身を乗りだす。俊平は緊張してひと言も口をきけなかったが、正直に告白すれば、家に帰るとすぐさま自慰《じい》に耽《ふけ》った。優作の思う壺のようで悔しかったが、翔子は可愛い顔と抜群《ばつぐん》のスタイル以外にも、男を虜《とりこ》にするフェロモンのようなものをムンムンと放っていて、店にいるときから勃起していた。

しかし……。

いくら翔子が魅力的であったとしても、優作は十歳以上も年上の、妻帯者《さいたいしゃ》なのだ。スナックに通いつめて鼻の下を伸ばしているだけではなく、本気の恋愛関係に陥《おちい》ってしまうなんて、常識的にはあり得ない。

家庭が崩壊しているとか、夫婦の間にすきま風が吹いているということならまだわかる。しかし、茅乃は一生懸命、優作に尽くしていた。そんな茅乃を捨てて、若い女に走ってしまうなんて……。

雨は降りつづいていた。

昼間にもかかわらず空は真っ暗になり、嵐のような横殴《なぐ》りの雨が窓ガラスを叩きはじめた。

茅乃はもう、俊平の部屋にいなかった。離婚の事実を伝えると、肩を落として帰っていった。あまりに憔悴《しょうすい》しきった後ろ姿に、声をかけるのも躊躇《ためら》われたほどだった。

「店は……店はどうするんだよ……」

茅乃によれば、〈とり作〉は慰謝料代わりに残していくらしいが、優作がいなければ営業なんてできない。焼鳥は「串打ち三年、焼き一生」と言われるほど奥が深い料理で、三年働いている俊平でもまだ、串打ちを完璧にマスターできていないし、営業中、焼き台の前に立たせてもらったこともない。

窓の外で白い閃光《せんこう》が瞬《またた》き、バリバリバリーッ、と大地を引き裂くような雷鳴《らいめい》が轟《とどろ》いた。

その音に突き動かされるようにして、俊平は外に飛びだした。傘は持って出なかった。傘など差しても役に立たないほど激しい雨の中、〈とり作〉に向かって走った。

格子戸を乱暴に開けると、暗い店の中で、茅乃がカウンター席に座っていた。目の前には清酒の一升瓶《いっしょうびん》。彼女が酒を飲んでいる姿を見るのは珍しいことだった。

「大将は?」

叫ぶように訊ねた。

「話がしたいです。大将は上にいますか？」

茅乃は力なく首を横に振った。

「どこに？」

もう一度、首を横に振る。

「あの女の……ところですか？」

茅乃は答えなかったが、そうに違いなかった。俊平は〈とり作〉を飛びだし、〈フェアリー〉に向かった。〈とり作〉もそうだが、このあたりの店は、一階を店舗にして、二階が住居という造りが多い。翔子の自宅は遠いので、ママを務めている間は階上で寝泊まりしていると、たしか言っていたはずだ。

雨も風も強くなっていく一方だった。濁流《だくりゅう》に呑《の》みこまれたような状態で、全身はずぶ濡れになり、時折《ときおり》強風に吹き飛ばされそうになったが、かまっていられなかった。

〈フェアリー〉まであと少しだった。飲み屋ばかりが軒《のき》を連《つら》ねている路地裏なので、昼間のこの時間、雨でなくても人通りはほとんどない。なのに向こうから、二人連れの影が近づいてくる。大きな鞄《かばん》を手にした男と女が、相合い傘で身を寄せあいながら……。

優作と翔子だった。

俊平に気づくと、足をとめた。俊平は雨に打たれながら優作に近づいていった。珍しく、ダークスーツに白いシャツだった。翔子は派手な花柄のワンピースを着ている。傘の陰になっていても、まぶしいほどに綺麗だったが、そんなことはどうでもいい。

「どこに行くんですか?」

優作を見て言った。答えは返ってこなかった。なにも言わなくても、翔子とふたりでこの街を出ていこうとしているのは、一目瞭然《いちもくりょうぜん》だった。

「見損ないましたよ、大将……いや、見損ないたくないです。いまならまだ間に合います。戻ってください。茅乃さんのところに……」

黙っている。

「冗談ですよね?」

俊平は優作の肩をつかんだ。

「茅乃さんを捨てて出ていくなんて、ドッキリかなにかでしょう? アハハハ、大将の冗談好きも困ったもんですね。でも、いまならまだ笑えます。いま茅乃さんのところに戻るのなら……」

肩をつかんでいた手を払われ、次の瞬間、左の頬に硬い拳《こぶし》の感触がした。殴られたと思ったときには、水たまりに尻餅《しりもち》をついていた。

「ふざけんなあああーっ！」

雨音を切り裂くように、俊平は絶叫した。

「言いたいことがあるなら、きちんと口に出して言ってくれよっ！　意味わかんねえからっ！　一昨日まで仲良く店を盛りたててたのに、こんな展開、理解できねえよっ！」

ドスッ、と腹を蹴《け》りあげられ、顔面にも革靴の甲が飛んできた。人間、顔面をキックされると戦意喪失《そうしつ》するものだと、思い知った。鼻血なのか口の中が切れたのか、押さえた手が真《ま》っ赤《か》な鮮血で染まっていた。もう叫び声もあげられないでいると、翔子がなにかを落としてきた。一万円札が二枚、ひらひらと雨に打たれながら舞い落ちてきた。

「治療費とクリーニング代ね」

口の端に薄ら笑いを浮かべた小憎らしい顔をされても、俊平は動けなかった。声も出せなかった。相合い傘で去っていくふたりの後ろ姿を呆然と眺めながら、この世の終わりを感じていた。

ついさっきまで当たり前に続いていた日常が、いまたしかに終わったのだった。明日から、生活は一変する。二度目だからよくわかっている。両親の離婚によって、祖父母の家でのつらい暮らしが始まったように、優作の心変わりによって、すべてが台無しになってしまったのだ。

自分はなにも悪くないのに……。

悪いのはいつだって、新しい女に手を出して、妻を泣かせる男なのに……。

〈とり作〉に戻ると、茅乃はまだカウンター席で酒を飲んでいた。グラスに注《つ》いだ冷や酒を呷《あお》る姿が痛々しくて、眼をそむけそうになる。

一瞬こちらを見た眼は焦点が合わず、体が揺れている。もうずいぶんと酔っているらしい。俊平の腫れた顔を見ても、なにも言わなかった。なにがあったのかくらい、彼女には察しがついているのだろう。

「大将、〈フェアリー〉の女と出ていきましたよ」

絞りだすような声で言った。

「追いかけなくていいんですか？　なんか遠くに行っちゃう雰囲気で……」

雨を含んだ髪から水滴がポタポタと垂れ、足元に水たまりをつくっていく。茅乃は答えない。

「なんでこんなことに……こんな理不尽《りふじん》な話、ないですよ……茅乃さんも、茅乃さんです。どうして黙って行かせるんですか？」

茅乃はコップ酒を呷って立ちあがり、ふらふらと歩きだした。格子戸を開けて外に出たが、優作を追いかけるような雰囲気ではなかった。路上に立ち尽くして、激しく降りかかる雨に打たれていた。俊平には一瞬、茅乃が正気を失ってしまったように見えた。

「かっ、茅乃さんっ……」

近づいていくと、茅乃は眼の焦点の合わない顔でニッと笑い、

「大丈夫よ」

雨に濡れた長い黒髪をかきあげた。

「明日になれば、元気になる。あの人がいなくたって、お店はできる。焼鳥は出せないかもしれないけど、わたしが料理をして……昔、あの人が盲腸《もうちょう》で入院したことがあってね。一週間くらい、わたしがひとりでお店やってたことあるの。けっこう評判よかったんだから……」

茅乃の言葉には、現実味が感じられなかった。それは、一週間後に優作が帰ってくるとわかっていたから、乗り越えられた試練なのだ。そういう状況で文句を言うような無粋《ぶすい》な常連客は、〈とり作〉にはいない。言葉を尽くして茅乃を励ましたに違いないが、今度はもう、優作は二度と帰ってこないのである。

「とりあえず、大皿のおばんざい料理みたいなものを出せばいい。肉じゃがとか胡麻《ごま》和えとか南蛮《なんばん》漬けとか、そういうやつならわたし得意だし、常連さんも気に入ってくれると思

う……」

おそらく、茅乃自身も自分の言葉に現実味がもてていないに違いない。なるほど、茅乃がそういうスタイルの店をやれば、支えてくれる客はそれなりにいるだろう。いつもは週に一回来る常連さんが、三回、四回、と足を運んでくれるようになるかもしれない。

しかし、そうやって〈とり作〉の売上を支えてもらっても、茅乃の心までは支えられないのではないか。茅乃あっての優作だと、俊平はずっと思っていた。しかし、いま目の前で雨に打たれてうなだれている茅乃を見ていると、優作あっての茅乃であったこともつくづく思い知らされる。

「だから俊平くん、頑張っていきましょう」

「かっ、茅乃さんっ……」

「泣かないの。男のくせに」

「でもっ……でもっ……」

しゃくりあげる俊平を、茅乃は抱きしめてくれた。泣きたいのは茅乃のほうに違いないのに……。

情けなくてしようがなかったが、涙がとまらなかった。茅乃にしがみついて号泣した。雨に打たれているのに、茅乃の体はひどく熱かった。俊平もそうだったはずだ。

いままでの人生で経験したことがないほど、感情が昂《たか》ぶっていた。怒りと哀《かな》しみと自分の力ではどうにもならないやりきれなさが胸の中で嵐を起こし、涙も嗚咽《おえつ》もとまらない。

茅乃も泣いていた。声を殺し、涙を雨で隠すようにして……。

その唇《くちびる》の赤さに眼を奪われた。茅乃が顔を上げ、視線が合った。次の瞬間、甘い香りが鼻腔《びこう》をくすぐった。酔っている茅乃の息の匂いだった。気がつけば、唇と唇が重なっていた。

4

いったい、いまのキスはなんだったのだろう？

確実に言えることは、俊平にとってファーストキスだったということだ。観音裏で働きはじめて三年、酔った客に殴られたことはあっても、女とキスをするようなシチュエーションに巡り会ったことはない。〈とり作〉に飲みにくる女は年齢層が高く、海千山千のタイプが多いせいもあるけれど、俊平はまだ男として見られず、いつだって子供扱いされていた。

男の十五、十六、十七歳は、風が吹くだけで勃起してしまうくらい性欲があふれているものだが、出会いがなくてはどうにもならない。俊平にできることと言えば、いつか吉原のソープランドに行くチャンスが訪れたときのために、コツコツ貯金をすることくらいだった。

「このままじゃ風邪ひいちゃう」

茅乃に言われて店に戻り、お互いずぶ濡れのまま二階にあがった。茅乃がバスタオルを出してくれ、それで髪を拭《ふ》いた。しかし、たっぷりと雨水を吸った服まではどうにもならない。脱いで絞りたかったが、この家には風呂場がなかった。すぐ近くに銭湯があるので、仕込みが終わった午後四時ごろ、三人で連れ立っていちばん風呂に入りにいくのが日課になっていた。

「服も……脱がないとどうしようもないね……」

茅乃が言い、こちらに背中を向けてワンピースのホックをはずした。俊平は息を呑み、眼を見開いた。驚くべきことに、茅乃はそのままワンピースを脱いでしまった。白いブラジャーの後ろ側が見えた。さらに丸々としたヒップを包む白いパンティまで……。

俊平は、身の底からこみあげてくる衝動を抑えることができなかった。気がつけば、後ろから茅乃を抱きしめていた。先ほど、雨の中でキスをしたのと同じだった。理性を置き去りにして、感情だけが先走り、体が動いてしまう……いや、先ほどと違うことがひとつあった。

　股間のイチモツが痛いくらいに勃起していた。

　雨に濡れた背中を抱きしめ、白いパンティに包まれたヒップに硬くなった股間を押しつけても、茅乃は声をあげなかった。暴れたりもしなかった。首をひねって振り返り、静かに見つめられた。

　覚悟が問われている、と思った。相手は兄のように慕《した》っていた男の元妻であり、言ってみれば姉のような存在だった。理想の夫婦として崇《あが》めつつ、毎日顔を合わせ、一日の大半を一緒に過ごしていたのだから、ある意味、肉親以上の存在だと言っても過言ではない。

　そんな茅乃を、淫《みだ》らな欲望の対象にしてしまうには、それ相応《そうおう》の責任が伴う。

「ぼ、僕……頑張りますから……」

　震える声で覚悟を伝えた。

「大将の代わりが務まるように、死ぬ気で働きますから……〈とり作〉を絶対に潰しませんから……」

　本当にそんな覚悟があるのか？　ともうひとりの自分が言った。ただ欲望に全身を乗っとられているだけ、なのかもしれなかった。

　誓って言うが、そのときまで茅乃をいやらしい眼で見たことなど一度もない。しかし、優作に捨てられ、打ちひしがれている茅乃からは、いままで感じたことのない濃厚な色香が漂ってきた。愁《うれ》いを帯《お》びた眼つきが、女を感じさせた。無防備に下着姿を見せられれば、抱きしめずにはいられなかった。茅乃にしてみれば、ずっと年下の弟みたいな存在に下着を見られたところで、なんともないのかもしれなかったが、俊平はいま、男として彼女を抱きしめていた。

とはいえ、ファーストキスをたったいま済ませたばかりの十八歳の童貞《どうてい》は、女を抱きしめたあとどうすればいいのか、わかっていなかった。

「風邪をひくから、服を脱ぎなさい」

茅乃に言われても、動けずにいた。すると茅乃は、こちらに体を向けて、俊平のシャツのボタンをはずしていった。シャツとズボンを脱がされ、ブリーフ一枚になっても、俊平はまだ動けなかった。茅乃は、怒っているのと哀しんでいるのの中間の表情で、ブリーフをめくりおろして脚から抜いた。

俊平は異性に性器を見られたのが初めてだった。しかも、勃起していた。恥ずかしさに全身が燃えるように熱くなり、雨に濡れた素肌から湯気がたちそうだった。

茅乃は、そうするのが当然といった態度で、俊平の体をタオルで拭《ぬぐ》いはじめた。ペニスは隆々《りゅうりゅう》と反《そ》り返り、あきらかにそこだけ異様な雰囲気を振りまいているのに、茅乃は一瞥もせずにペニス以外を丁寧に拭ってくれた。

「こっちに来て……」

手を取られ、奥の部屋にうながされた。

寝室だった。四畳半の和室に、ふた組の布団。敷かれているのはひと組だけで、もうひと組は折りたたまれていた。ゆうべ、優作はここに帰ってこなかった証《あかし》だと思うと、見てはならないものを見てしまった気がしたが、すぐにそんなことにはかまっていられなくなった。

茅乃が襖《ふすま》を閉めたからである。寝室は雨戸が閉められていたので、暗かった。茅乃は蛍光灯の紐《ひも》を引っ張り、橙《だいだい》色の豆球をつけてからブラジャーをはずした。驚くほど豊満な乳房が揺れはずんだ。パンティも脱いでしまう。股間の黒々とした翳《かげ》りが視界に入り、俊平の息はとまった。

ペニスをそそり勃てたまま動けずにいる俊平を尻目に、茅乃は濡れた体をバスタオルで拭いはじめた。ひどく丁寧に、時間をかけて……。

それから、俊平に体を向けてささやいた。

「したいように、していいよ」

「茅乃さんっ！」

俊平は叫ぶように言い、茅乃を布団に押し倒した。馬乗りになって、唇と唇を重ねあわせた。歯と歯がぶつかってしまったが、かまわずキスを続けた。

昨日までの日常は崩れ去り、明日からまったく新しい日常が訪れることは間違いなかった。ならば、その新しい日々が、つらく耐えがたいものにならないようにすればいい。俊平はもう、無力な中学生ではなかった。三年間、自分の力で飯を食ってきた。自分の力で明日をつかみとることだって、できなくはないはずだ。

「ぅんんっ……ぅんあっ……」

唇を押しつけたまま、舌をねじりこんでいった。外ではそこまでできなかったが、いまは密室でふたりきり。本能のままに振る舞っていいはずだから、音をたてて茅乃の舌をしゃぶりあげる。

「んんんっ……んんんんーっ！」

苦しげにうめく茅乃の舌をなおも吸い、唾液《だえき》と唾液を交換する。茅乃の口はやはり甘ったるい酒の匂いがしたが、それを拭い去るようにしつこく舌をからめあわせる。

そうしつつも、全身で茅乃を感じていた。抱いている肩、胸にあたっている乳房、またがっている腰、ペニスを押しつけている腹部……あらゆる場所がこすれあって、意識せずにはいられなかった。

キスを中断し、少し後退《あとずさ》った。たっぷりと豊満な乳房が、あお向けになっているのにこちらに向かって迫りだしていた。両手で裾野からすくいあげ、指を食いこませて揉《も》みくちゃにした。息をはずませながら乳首を口に含み、舐《な》めたり吸ったりした。

後から考えれば、乱暴すぎる愛撫《あいぶ》だった。茅乃だって、気持ちがいいというより、痛かったはずだ。しかし彼女は、やめてと言わなかった。逃れようともしなかった。セックスを知らない十八歳の荒々しい愛撫に身を任せ、されるがままになっていた。まるで自分に罰《ばつ》を与えるように……。

俊平は興奮のあまり、茅乃の気持ちを慮《おもんぱか》れず、ただ目の前の女体をむさぼることしかできなかった。白い肌に、柔らかい隆起《りゅうき》に、吸えば吸うほど硬くなっていく乳首に舞いあがってしまい、難しいことなどなにも考えられなかった。

「茅乃さん、好きですっ……大好きですっ……」

うわごとのように言いながら、茅乃の上から降りて、横から身を寄せる体勢になる。限界まで呼吸を荒げながら紅潮《こうちょう》しきった茅乃の顔を見つめ、右手を両脚の間に伸ばしていく。

「そこはっ……」

指に繊毛《せんもう》が触れたとき、茅乃が右手を押さえてきた。

「そこはとっても敏感だから……やさしくして……」

俊平は血走るまなこで茅乃を見つめながら、力強くうなずいた。女性器が敏感であることくらい、理解しているつもりだった。しかし、敏感さの内実まではわからない。どうすれば、やさしいやり方になるのかだって知りはしない。それでも、本能だけを頼りに突き進むしかなかった。

「んんんっ！」

繊毛を指で掻き分けていくと、茅乃が紅潮した顔を歪めた。俊平は息を呑み、すべての神経を右手の中指に集中させていく。びっしりと毛が生えている中に、くにゃくにゃした貝肉質の肉びらがあった。じっとりと濡れて、妖《あや》しい熱気を放っている。

さらに指を奥にすべり落としていくと、繊毛はなくなり、貝肉質の肉びらだけになったが、全貌がよくわからなかった。頭の中にあるイメージでは、割れ目があるはずなのだが……。

尺取虫《しゃくとりむし》のように、指を動かしてみる。肉びらは自在に形を変えるが、触れば触るほどどういうものなのかわからなくなっていく。

「んんんっ……んんんんーっ！」

茅乃が眉根《まゆね》を寄せて、見つめてくる。半開きの唇をわななかせているが、言葉は発せられない。俊平も呆然と見つめ返しながら、とにかくそろそろと指を動かしてみる。指にねっとりとなにかがからみついてくる。濡らしているのだろうか。それにしてもいったい、どこから水分が出てきているのか……。

あっ、と思った。折り曲げた指が肉びらの中に沈みこんで、内側に埋まった。お湯に指を浸《つ》けたような感触がし、ここが源泉なのだとわかった。

「あああっ……」

指を動かすと、茅乃が顔を歪め、眼を細めていった。すがるようにこちらを見つめながら、唇をわななかせる。小鼻が赤くなっているのが、たまらなく卑猥《ひわい》だった。あまりにいやらしい表情に俊平は瞬きができなくなったが、指を動かすのをやめることもできない。

源泉を掘るように指を動かすと、指を埋めていた小さな穴がみるみるひろがっていき、くにゃくにゃした肉びらの渦《うず》が泉に変貌していった。あっという間に、指が泳ぐような状態になったが、それはただ濡れているわけではなかった。外側の肉びらよりもっと細かなひだの層が内側にあり、それが生温かい蜜と溶けあって、指に吸いつき、からみついてくる。とても人間の体の一部とは思えない、不思議な感触に陶然《とうぜん》となってしまう。

「そっ、そこっ！」

突然、茅乃が声を跳ねあげて、腕にしがみついてきた。

「そこがっ……いちばん感じるところ……」

「クッ、クリトリスですか？」

「そう……やさしく撫でて……とっても敏感だから……やさしく……」

「はっ、はいっ……」

俊平はうなずいたものの、どこにクリトリスがあるのかよくわかっていなかった。茅乃の口ぶりでは、それらしきものに触れているはずなのだが……これだろうか？　米粒ほどの心細くなるほどのサイズだが、これが女体でいちばん感じるところなのか？

「くぅうっ！」

指で撫《な》であげると、茅乃の反応が変わった。眼を開けていられなくなり、身をよじりはじめた。あの茅乃さんがこんな動きを！　と驚愕するほど腰のくねり方がいやらしく、双乳をタプタプと揺れはずませる。

クリトリスの位置はよくわからなくても、中指一本で女体を狂わせている実感がたしかにあり、俊平はセックスという行為の奥深さを知った。まるでマリオネットを操っているみたいだった。米粒ほどの突起《とっき》を探し、茅乃の反応でその場所を特定していく。感触は頼りなくても、反応するところにそれはあるはずだ。

「ああっ、いいいっ！　気持ちいいっ！」

やがて茅乃は、手放しでよがりはじめた。俊平は頭の中を真っ白にして、指を動かしつづけた。

5

いじればいじるほど茅乃の両脚の間は潤《うるお》いを増し、俊平の手のひらはぐっしょりと濡れた。

匂いもすごかった。漏《も》らしている蜜の匂いなのか、素肌に浮かんでいる汗の匂いなのか、いままで嗅《か》いだことがないような生々しい女の芳香《ほうこう》に鼻腔をくすぐられっぱなしだ。

「ああっ、いやっ……あああっ、いやあああっ……」

茅乃は恥ずかしそうに身をよじりながらも、みずから両脚をM字に開いていった。訳がわからなかったが、セックスとはそういうものだと思うしかなかった。いや、本当は、興奮しきってよけいなことなど考えられなかった。訳はわからないが、とにかく貞淑《ていしゆく》の見本のような茅乃が、みずから両脚をひろげ、腰をくねらせているのだ。性器をいじられて失禁したように蜜を漏らし、ハアハアと息をはずませているのだ。

もういいのだろうか？

これだけ濡らして、これだけ乱れているのだから、ペニスを入れても……。

「あっ、あのう……」

指の動きをとめ、茅乃にささやきかける。

「もういいですか？　いっ、入れても……」

茅乃が薄眼を開けてうなずく。その顔は紅潮して汗ばみ、ひどく淫らだった。俊平は息を呑んでしまったが、お許しが出たのだから動かなければならない。

上体を起こし、茅乃の両脚の間に移動した。あお向けで両脚をひろげている茅乃を上から見下ろすと、俊平は完全に浮き足立った。

これからセックスをするのだ。

童貞を捨てて、大人《おとな》の男になるのだ。

夢にまで見た瞬間だったはずなのに、どういうわけか現実感がわいてこない。ふわふわした雲に乗っているような気分で、けれども股間のイチモツだけは痛いくらいに硬くなって、熱い脈動《みゃくどう》を刻んでいる。

茅乃に覆い被さった。汗ばんだ乳房がヌルリとすべった。俊平はパニックに陥りそうだった。挿入したくても、どうしたらいいかわからなかった。ＡＶではどうしていただろうか？　いつも女優のほうばかり見ているので、男優がどうしていたのかなんて記憶に残っていない……。

そんな気持ちも知らぬげに、茅乃はせつなげに眉根を寄せて、両手を俊平の首にからめてきた。唇を重ねられた。茅乃の口は、性器にも負けないくらい唾液で濡れていた。

舌をしゃぶりあいながらも、俊平の神経は下半身に集中していた。勃起しきったペニスをつかみ、必死に入口を探していた。穴があって、そこに入れればいいはずなのに、ひどく焦ってしまう。愛撫と違って本能のままに振る舞っても、穴の位置がどうしても……。

「……そこよ」

茅乃が、ぎゅっと頭を抱きしめてきた。

「そのまま入ってきて……ゆっくり……」

どこが「そこ」なのかわからなかったが、俊平は腰を前に送りだした。ペニスが入っていく感触がたしかにしたが、ひどく心許なかった。想像していたのとずいぶん違い、先端がお湯に浸かっていくような感じだ。

「あああっ……」

茅乃は淫らがましい声をあげた。

「入ってますか？」

顔をのぞきこんで訊ねると、

「……うん」

眼の下をねっとりと紅潮させた顔でうなずいた。

「入ってる……奥まで……」

「ううう……」

俊平は、自分の顔が燃えるように熱くなっていくのを感じていた。生まれて初めて挿入した女陰は、自分の手で握りしめるよりずっと締めつけが弱く、最初は拍子抜けしたくらいだったが、次第にヌメヌメとからみついてくる肉ひだの感触に、いても立ってもいられなくなってきた。

なんというか、こそばゆいのだ。痛いくらいに勃起しきったペニスに、生温かく濡れたものがぴったりと張りついて、下半身の奥がむずむずする。

「ううう……うううう……」

たまらず腰を動かした。といっても、童貞の初体験だ。体ごとぶつけるような不様《ぶざま》な動き方だったが、なんとかペニスを抜いて入れ直した。呼吸も忘れ、ピストン運動を送りこもうとする。

「あああっ……」

体の下で、茅乃が身をよじる。汗ばんだ素肌がこすれあう。俊平は、茅乃の体にしがみつき、必死に腰を振りたてた。ヌメヌメした肉ひだにペニスをこすりつける刺激は、思ったよりも微弱だったが、想像を超えた魅惑に満ちていた。自分の手でしごくのとは全然違った。もっと複雑で、柔らかく、卑猥な感触がする。

刺激の細い糸を手繰《たぐ》り寄せるようにして、腰を動かした。根元からカリのくびれまで、うまくこすりあわせることができると、衝撃的な気持ちよさが訪れた。十回に一回くらい味わえるその快感を求めて、ペニスを送りこむ角度を工夫した。五回に一回、四回に一回、三回に一回と、次第に確率があがっていく。

「あああっ！　はぁあああぁーっ！」

俊平が気持ちいいということは、茅乃もまたそう感じているようだった。腕の中で身をよじる動きが、どんどんいやらしくなっていった。茅乃の反応がいいのは、亀頭が深いところまで届いたときだった。反動をつけて、突きあげた。なるべく奥まで、突こうとした。次第に、ずんずんっ、ずんずんっ、とリズムに乗って動けるようになっていく。

「ああっ、いいっ！　気持ちいいっ！」

茅乃が白い喉《のど》を突きだしてのけぞる。汗まみれの乳房を俊平の胸にこすりつけるようにして身をよじり、ガクガクと腰を震わせる。いや、腰はただ震えているだけではなく、動いていた。俊平が送りこむリズムを受けとめるように、ゆらゆらと……。

俊平は叫び声をあげたくなった。茅乃の腰使いがいやらしすぎることにショックを覚えながらも、刺激のギアが二段階も三段階もアップしたからだった。お互いに腰を動かしていると、摩擦の快感がどこまでも複雑になっていき、一体感が訪れた。ただ入れて出しているのではなく、繋がっているという実感があった。性器を通じて、ひとつの生き物になってしまったような……。

その感覚は、叫び声をあげたくなるほど痛烈であるとともに、涙が出そうな多幸感も運んできた。自分はいま、この世に生まれてきた悦びを味わっていると思った。

「ああっ、いいっ！　すごいっ！」

茅乃が濡れた瞳で見つめてくる。

「もっとしてっ！　もっと突いてっ！」

俊平は見つめ返しながら腰を動かした。

「ああっ、突いてっ……もっと突いて、俊平くんっ！　茅乃のこと、めちゃくちゃにしてえええええーっ！」

体の内側に、凶暴な気分が芽生え、嵐を起こす。茅乃は憧れの人なのに、好意がペロリとめくれ返って、めちゃくちゃにしたくなる。茅乃に言われたからではなく、それは俊平自身の欲望だった。

紅潮した顔をくしゃくしゃにして、ひいひいとよがり泣いている茅乃を見るほどに、欲望が暴れまわる。茅乃を慕っている自分を、欲望が裏切っていく。なぜそんなふうになってしまうのか——答えが知りたかったが、限界が近づいてきた。童貞の俊平に、射精をコントロールすることはできなかった。あっ、とその前兆に気づいたときには、全身を支配され、後戻りができなくなっていた。

「でっ、出ますっ……もう出るっ！」

震える声で言うと、茅乃はうなずいた。

「出るっ……出るっ……おおおっ……うおおおおおーっ！」

汗まみれの顔を歪めて叫びながらも、中に出してはいけないということを忘れてはいなかった。コンドームを着けていないから、外に出さなければならない。ずんっ、と大きく突きあげてから、その反動で抜いた。自分でつかんでしごこうとしたが、それより早く、茅乃の手がペニスをつかんでいた。

「出してっ！　いっぱい出してっ！」

女の蜜でネトネトになった肉棒をしたたかにしごかれ、俊平は野太い声をあげてのけぞった。ドクンッ、と下腹のいちばん深いところで爆発が起き、ペニスの芯《しん》に灼熱《しゃくねつ》が走り抜けていく。煮えたぎるマグマのような白濁液が噴射され、茅乃の腹部にべっとりと付着する。体を汚してしまった罪悪感も覚えられないほど強烈な快感に、俊平は身をよじりつづけるばかりだ。

茅乃はしつこく肉棒をしごき、最後の一滴までしっかりと絞りとられた。

「おおおっ……おおおおっ……」

俊平はだらしない声をもらして、茅乃に体を預けた。激しく息があがっていたし、全身の震えがとまらなかった。自分の体が自分のものではないような、不思議な感覚に陥っていた。哀しくもないのに目頭が熱くなり、茅乃に頭を抱きしめられると、涙をこらえきれず、しゃくりあげてしまった。

「初めてだったの？」

茅乃が頭を撫でてくれながら言った。俊平は顔をあげずにうなずいた。なぜ泣いているのか、自分でもわからなかった。泣いたりしたら茅乃を嫌な気分にするかもしれないと思っても、涙も嗚咽もとまらなかった。

6

翌朝——。

俊平はすがすがしい気分で眼を覚ました。窓を開けると快晴で、しつこく続いていた長雨はやんでくれたようだった。久しぶりに浴びた太陽の光が、自分を祝福してくれているように感じた。

俊平にとって、昨日は特別な一日となった。

生まれて初めてセックスを経験したあと、茅乃とふたりで銭湯に行った。店は休業するしかなかったので、茅乃がすき焼きをご馳走《ちそう》してくれた。

茅乃ははっきり言わなかったが、俊平が童貞を捨てた記念のつもりだろうと思った。近所に住んでいても行ったことなどない、高級すき焼き店のすき焼きは超絶美味で、俊平はごはんを三杯もおかわりしてしまった。未来がキラキラと輝いていた。明日から茅乃とふたりで〈とり作〉を盛りたてていくのだと、腹の底からエネルギーがわいてくるようだった。

すき焼き屋ではビールを飲んではしゃいでいた茅乃だったが、観音裏に戻ると急に無口になった。俊平としては、もう一度茅乃を抱きたかったが、なんだか眠そうだったので自宅アパートに戻った。

べつにあわてることはないのだ。明日から、抱こうと思えばいつでも抱けるのである。

初めてのセックスは我ながらお粗末なものだったが、経験を重ねて茅乃をしっかり満足させたかった。経験を積めばできるはずだった。

しかし——。

日課である「ランチ巡り」をパスし、意気揚々《ようよう》と〈とり作〉に行くと、茅乃の姿はなかった。代わりにいたのは、店の入った物件を管理している不動産屋のおやじだった。

「なにやってるんですか？」

「ああ……」

カウンターの中に入り、なにやらメモをとっていた不動産屋は、禿《は》げ頭をポリポリと掻いて苦笑した。

「後始末を任されたのさ」

「えっ……」

「茅乃さん、店を畳むことにしたらしい。朝いちばんで連絡が入ったんだが……もうどこか他の土地にいるみたいだった。始発の飛行機か新幹線に乗ったんだろう」

「そっ、そんな……」

呆然とする俊平に同情の眼を向けながら、不動産屋のおやじはカウンターの中から出てきた。椅子《いす》に座り、煙草《たばこ》に火をつけた。照明のついていない薄暗い店の中で、白い煙を吐きだした。

「このあたりのことだからね、わしも噂を耳にしてるよ。大将、若い女とどっかに行っちまったんだろう？」

俊平は言葉を返せなかった。

「詳しいことはわからんが、そうなっちまうとね……いくら茅乃さんが気丈《きじよう》でも、店を続けていくのは難しかったんじゃないかな」

「きっ、昨日はふたりで頑張っていこうって言ってました……」

「言いづらかったんだろう？　若いあんたに本当のことを言うのは。それ、あんた宛の手紙じゃないか」

不動産が視線を向けた先に、白い封筒が置かれていた。「万代俊平様」と丁寧《ていねい》な楷書《かいしよ》で宛書きされていた。俊平は震える手で封筒を開け、中から手紙を取りだした。

――ごめんね。わたし、やっぱり優作さんのことが忘れられそうにありません。でも、彼はもう帰ってこないから、忘れなくちゃいけないでしょ？　そのお店にいると、わたしはたぶん、ずっと忘れられそうにない。だから、実家に帰ることにしました……これからのこともあると思いますので、些少《さしよう》ですけど退職金代わりのお金を口座に振り込んでおきます。本当にごめんなさい。

「なっ、なんだよ、これは……昨日は……ほんの十何時間前までは、ふたりで頑張ろうって言っておいて……」

「だから言えなかったんだよ。心当たり、ないのかい？」

不動産屋に言われ、ハッとした。ゆうべご馳走になったすき焼きは、童貞を卒業した記念ではなく、お別れの儀式だったのか。いや、そんなことを言いだしたら、セックスそのものさえ……。

「茅乃さんの実家、どこかわかりますか？」

俊平の言葉に、不動産屋は静かに首を振った。

「知ってはいるが、教えられない。守秘義務もあるが、茅乃さんは傷ついているんだ、そっとしといてやれ」

不動産屋が白い煙を吐きだす。ただの煙草の煙なのに、それが魔法の煙のように、すべてを消してしまうような錯覚に陥る。茅乃のことも、この店で過ごした三年間の月日まで……。

「……ちっ、畜生《ちくしょう》っ！」

熱いものがこみあげてきて、俊平は店を飛びだした。息が切れるのもかまわず、全速力でダッシュして、自宅アパートの万年床にダイブした。慟哭《どうこく》がとまらなかった。涙と鼻水を流しながら、布団の上でジタバタと暴れた。

いったいなんなのだろう？

茅乃の気持ちがわからなかった。優作のことが忘れられないなら、どうして自分と寝たりしたのか。押し倒したのは俊平だが、茅乃はあきらかに誘っていた。雨の中でキスをしたり、背中を向けて下着を見せたり……あんなことをされれば、男なら誰だって押し倒してしまうに決まっている。

餞別《せんべつ》代わり、だったのだろうか。

普段の茅乃からは考えられない話だが、優作に捨てられた彼女が、正気を失っていたというのも、考えられないことではない……。

とにかく、わからないことだらけだった。

男と女とは、いったいなんなのだろうと思った。

理想の夫婦を演じておきながら、若い女に走った優作。

その優作が忘れられないくせに、自分と体を重ねた茅乃。

謎《なぞ》の鍵《かぎ》は他でもない、セックスだろう。

翌朝まで涙に暮れた俊平は、銀行に行ってみた。記帳をすると、茅乃からびっくりするような額の金が振り込まれていた。

これを軍資金にして旅に出よう、と唐突《とうとつ》に思いついた。

いまのぐずぐずした気分のままでは、新しい職場を探しても仕事に身が入りそうになかった。

男と女を、セックスを知る旅に出るのだ。

我ながらたわけた思いつきだと思ったが、俊平は一度ならず二度までも、セックスによって人生を狂わされたのである。

それを知るための旅に出る権利があると思ったし、むしろわからないまま放置しておけば、また同じような事態に巻きこまれるかもしれない。

茅乃が教えてくれたセックスは、素晴らしいものだった。

しかし、技術や経験がなかったせいで、心ゆくまで味わえたと胸を張ることはできない。

セックスは、もっともっと素晴らしいもののはずだ。

素晴らしいがゆえに、男を狂わせる毒を有しているのではあるまいか。

ならば、その毒にまで肉迫してみたい。

いままでの人生を台無しにしてしまってもいいと思えるような、父や優作の境地に近づいてみたい。

旅に出たところで、そんなに都合よくセックスを経験できるとは限らないかもしれない。

それでも俊平は、じっとしていられなかった。

旅に出ずにはいられなかった。

自分の力で、明日を変えるために……。

第三章　ダボシャツの女

1

静岡の港町を出てから、一週間ほどが過ぎていた。

東海道《とうかいどう》を西に向かい、浜松《はままつ》でひつまぶしに感動したり、名古屋《なごや》で味噌《みそ》煮込みうどんに舌鼓《したつづみ》を打っているうちに、夏は終わり、秋の気配が近づいてきた。といっても、日中はまだ暑く、歩きまわっていると体が汗ばんでくる。

俊平は大阪《おおさか》郊外の住宅地にいた。

生まれて初めて関西の地に足を踏み入れたのだが、高い建物の見当たらない、庶民的な一戸建てばかりが目立つ光景には、とくに関西らしさは感じられず、むしろ俊平の出身地である北関東の町を彷彿《ほうふつ》とさせた。

俊平は中学時代の友達を訪ねてきていた。しかし、教えられた住所に行ってもそれらしきアパートはなく、途方《とほう》に暮れているところだ。

「いったいどうなってんだ……」

友達の名は山守一夫《やまもりかずお》という。引っ込み思案《じあん》だった俊平にとって、ほぼ唯一と言っていい仲がよかったクラスメイトで、中学を卒業すると親の転勤で大阪に行ってしまった彼と、時折《ときおり》メールで近況を教えあっていた。浅草を出る前、あてもない旅行に出ることも知らせてあった。

――関西方面に来たら、俺のところに寄りなよ。ちょうど最近、ひとり暮らしを始めたばかりなんだ。しばらく居候《いそうろう》してもいいからさ。

山守はそう言ってくれ、すっかりあてにしていたのに、自宅は見つからず、メールを打っても返事はなく、電話も繋がらない。

どうしたものかと溜息まじりに住宅街を彷徨《さまよ》っていると、

「ちょっとどいてっ！　危ないっ！」

不意に女の叫び声が聞こえた。驚いて声の方向に眼をやると、坂道の上から自転車が猛スピードで突っこんでくる。こちらに向かって……。

「えっ？　ええっ？」

俊平は避《よ》けようとしたが、女は自転車の勢いにハンドルをとられていて、右に左にふらふらし、どちらに避けていいかわからない。

「どいてえええーっ!」

これはぶつかる、と俊平はあたふたしながら観念したが、衝突する寸前、間一髪《かんいっぱつ》で女はハンドルを切った。続いてドスーンと衝撃音がした。俊平の背後にあったゴミ捨て場に、突っこんでいったのだった。段ボールが積まれていたところだったので、幸い大事には至らなかったようだが……。

「大丈夫ですか?」

近づいていって声をかけると、

「いたたた……大丈夫なわけないやろ?」

女は右腕をさすりながら体を起こした。

「なんちゅうことをしてくれるねん?」

凄《すご》まれて、俊平はたじろいだ。女は小柄で痩《や》せていたが、オールバックのポニーテイルにねじり鉢巻《はちま》き、テキ屋が着るような派手な柄《がら》のダボシャツを着ていた。どう見ても、堅《かた》気《ぎ》の人間ではなかった。

「右手が痛《いと》うてしゃあない……こら下手《へた》したら折れてるわ」

「そっちが勝手に突っこんできたんじゃないですか……」

「なんやて」

女は立ちあがり、左肩をドンとぶつけてきた。

「責任逃れしいな。あんたのせいやろ、うちの右手が使えなくなったの」

「そんなこと言われても……」

俊平は弱りきった顔になった。彼女の風体《ふうてい》からは危険な匂いがぷんぷんと漂《ただよ》ってきた。今度こそ本当にやくざにシメられるかもしれないと思うと、生きた心地がしなかった。

女は千早希《ちさき》と名乗った。

年は二十代半《なか》ばだろうか。やくざでもテキ屋でもなく、住宅地にポツンとあるタコ焼き屋の女主人だった。店舗というより、母屋《おもや》から独立した粗末な小屋なので、屋台のようなものだったが、暗黒街との繋がりはないという。

「なんでうちがやくざやねん。健全経営のタコ焼き屋や」

と千早希は胸を張っていたが、右手が動かなくてはタコ焼きが焼けない。骨折ではなく、打撲《だぼく》のようだったが……。

「あんたには、うちの代わりにタコ焼き焼いてもらう」

「なっ、なんで……」

「なんでもヘチマもないやろ。うちがタコ焼き焼けないんやから、あんたが焼くしかないやんか」

訳のわからない理屈《りくつ》だったが、俊平が旅行者であることを告げると、

「だったら、うちに泊まればいいやん」

妙にあっさりと提案してきた。千早希は、店の裏にある母屋でひとりで暮らしているらしい。店はいかにも急ごしらえな感じがしたが、母屋のほうは古くも新しくもなく、ごく普通の一戸建てだった。

「前は婆《ばあ》ちゃんがおったんやけど、亡《な》くなってしもうてな。いまはうちしかおらんから、遠慮はいらんよ」

そうなると、渡りに船だった。俊平はもう少しこの町に留《とど》まり、友人の山守を探したかったからだ。とはいえ、住宅地では宿泊施設もないから、いったん大阪の中心に出なければならないと思っていたところだった。千早希の右腕は一週間もすればよくなるだろう。先を急ぐ旅でもないので、それくらいの期間なら彼女を手伝ってやろうと腹を括《くく》った。

タコ焼きを焼くのは、意外にも楽しかった。

少し前までは焼鳥を焼く修業をし、早くイッパシの職人になろうと奮闘《ふんとう》していたのだ。

まかない用の焼鳥しか焼いたことはないが、いつも張りきって焼いていた。もちろん、タコ焼きと焼鳥では要領《ようりょう》が全然違うが、焼き台の前に立ち、焼き具合を確認しながら仕上げていくのは同じである。

「けっこうやるやん」

俊平の手際《てぎわ》のよさに、千早希も感心してくれた。

「あんた、東京もんやろ?」

「出身は北関東ですが、東京にも三年ほど……」

「タコ焼きの味もあっちとは違うやろ?」

たしかに、タコがずいぶんと大きかったし、自家製ソースが甘くて濃厚だった。その上にかけるマヨネーズもオリジナルらしく、ひと口食べて「おいしいですね」と眼を丸くすると、千早希は得意げに胸を張った。

「秘伝のソースとマヨネーズなんや」

言ってから、少し淋しそうな顔をした。なんとなく、訳ありなムードが漂ってきた。千早希のタコ焼き屋は、静かな住宅街の中で完全に浮いていた。粗末な小屋もそうなら、テキ屋さながらの格好もそうだ。なんだか無理をして厳《いか》つい格好をしているようだったが、事情を訊《たず》ねてみる気にはなれなかった。こちらは旅人で、一週間もすれば出ていく身だからである。

とはいえ、これもなんとなくだが、千早希は素顔は女らしい人なのではないかと思った。厚化粧できつめの顔をつくっているが、笑うと眼尻《めじり》が垂れて可愛《かわい》らしい。そして、時折浮かべる淋しげな横顔には、ドキリとさせられた。

「千早希さんって……」

「なんや?」

「そんな格好してないで、ミニスカートでも穿《は》けば、けっこう可愛いんじゃないですか。ミニスカ・タコ焼き。そのほうが絶対、お客さんもたくさん来ますよ」

ニヤニヤしながら言うと、

「なに鼻の下伸ばしてんねん!」

千早希に尻を蹴《け》飛ばされ、俊平は悲鳴《ひめい》をあげた。

2

俊平は携帯電話のアドレスから、中学時代の同窓生をなんとか探しだし、電話をして、山守一夫の実家の電話番号を教えてもらった。

「卒業アルバムに載ってるじゃないか。悪いけど見てくれないかな……」

それほど仲がよかったわけではないので、相手はかなり戸惑っていたし、俊平にしても卒業以来没交渉《ぼっ》になっていたからひどく気まずかったが、山守の携帯は相変わらず繋がらない状態だったのでしかたがなかった。俊平自身の卒業アルバムは捨ててしまったし、もしあっても、祖父母や父に電話をする気にはなれなかっただろう。

「一夫ならひとり暮らしをしていまして、もうここにはいないんですよ」

電話口で、山守の母親はそう言った。住所を訊ねると、教わったものと番地が違っていた。引っ越したばかりでうっかり間違えたのだろうが、少しは遠方から訪ねてきたこちらの身にもなってほしかった。

タコ焼き屋は午後七時までなので、後片づけを済ませたあと、山守の家に行ってみることにした。地図によれば、タコ焼き屋からすぐ近く、歩いて五分もかからないところだ。

「……これか？」

やけに煤《すす》けた木造モルタルアパートを見上げ、俊平は不安に駆《か》られた。俊平が浅草で住んでいたのも似たようなものだったが、観音裏はそもそも昭和の風情《ふぜい》が色濃く残っている土地だから、老朽《ろうきゅう》化した建物も銭湯に通わなければならないことも、それほど違和感はなかった。

しかし、このあたりは落ち着いた住宅地で、新しい家も多い。隣の戸建てなど南欧風のオレンジ色の壁だから、古さもボロさもひときわ眼を惹《ひ》く。もっとも、時代に取り残されたアパートゆえに、家賃が安かったりするのだろうか……。

一歩ごとに嫌な音をたてる金属製の外階段をのぼっていった。山守の部屋は二〇五号室で、いちばん奥にある角部屋のようだ。

ドアが並ぶ外廊下は灯《あか》りがついておらず、それがよけいに廃墟じみた雰囲気を感じさせたが、幸いなことに奥の部屋からは煌々《こうこう》と灯りがもれていた。山守は在宅しているということだ。

そのときになって、俊平は手土産《みやげ》を持ってこなかったことに気づいた。三年ぶりの再会なのだから、せめてタコ焼きくらい持ってくればよかったが……。

(……んっ？)

不意に聞こえてきた声が、俊平の足をとめさせた。

いやらしい声だった。

女があえいでいる声である。

まさか恋人とセックス中？　と思い巡らせてから、俊平は苦笑した。中学時代、山守は女子からまるで相手にされていなかった。伏し目がちでおどおどし、アニメやゲームをこよなく愛するナイーブな男であるがゆえ、いつも人の輪《わ》からはずれてしまう俊平とふたりでつるんでいたのである。彼に限っては恋人を自宅アパートに連れこむことなど考えられず、おそらくAVでも観ているのだろうと思った。

しかし……。

気を取り直して部屋の前まで進んでいくと、どうにもその声が本物のように思えてきた。声音《こわね》が生々しいし、人が布団《ふとん》の上で動いているような音まで聞こえてくるのである。

廊下に面した窓は白い磨《す》りガラスになっていたが、なにしろ古い建物なので建付《たてつけ》が悪い。窓はサッシではなく木枠《わく》で、柱との間に隙間ができていた。

息を呑《の》んでのぞきこむと、驚くべき光景が眼に飛びこんできた。蛍光灯が煌々と灯《とも》った下に布団が敷かれ、ひと組の男女がそこにいた。男は山守だった。分厚い眼鏡《めがね》をかけたうらなり顔は、記憶とぴったり一致したが、全裸でペニスを屹立《きつりつ》させ、右手におかしなものを持っていた。

AVなどでよく見かける電気マッサージ器＝電マである。それを操って、布団の上であお向けになっている女の股間を責めている。

さらに、女の格好が異様な光景を決定づけていた。

裸ではなかった。それどころか、日常生活ではあり得ないほど、いろいろなものを体に着けていた。ボブカットの髪が青いのはカツラだろう。おまけに、ラバー素材の白いつなぎのようなもので、首から下をぴったりと覆《おお》っている。全身タイツのように体に密着しているから、女体の凹凸《おうとつ》がいやらしいほど強調されて——これは、いわゆるコスプレというやつだろう。人気ＳＦアニメのキャラクターに扮《ふん》しているのだ。

そんな格好で両脚をひろげられ、股間を電マで責められてあんあんよがっているのだから、衝撃的な光景だった。そのキャラクターはたしか、感情を失ったクールな性格のはずなのに、眼の下をねっとりと紅潮《こうちょう》させているから、身震いを誘うほど猥雑《わいざつ》感に満ちている。

女は若く、俊平や山守と同世代に見えた。彼女もアニメ好きなのかもしれない。アニメのコスプレをしているだけではなく、「ああんっ、いやーん」とよがる声までアニメ声だ。

踵《きびす》を返すべきだった。

いかに親友とはいえ、いや、親友であればこそ、こんなシーンをのぞいてしまっていいはずがない。俊平は今後、山守の顔をまともに見られなくなりそうだが、のぞいていたことが発覚すれば、山守だって気まずい思いをするに違いなく、三年ぶりの再会を祝いあうどころか、ひと言もしゃべらずに決別することになるかもしれない。

見なかったことにするしかなかった。

山守との人間関係を繋ぎとめたいなら、それ以外の方法は考えられなかったが、俊平は動けなかった。

山守が電マを置き、ハサミを手にしたからだった。セックスの最中に使うはずのない刃物を取りだし、なにを始めたのかと言えば、女の着ている白い全身タイツの、胸の部分をつまみあげて切った。

丸く空《あ》いた穴からピンク色の乳首が露《あら》わになると、ただでさえエロティックな光景が尋常ではなく卑猥《ひわい》になった。山守は左右の乳首のところに穴を空けると、正視《せいし》に耐えないようなスケベな顔をし、今度は股間の生地までつまみあげて、ハサミで切ってしまった。

股間に空いた穴から、黒い繊毛《せんもう》が見えた。ほんのひとつまみか、ふたつまみ、熟女としかセックスの経験がない俊平にとっては、心許なくなるような陰毛が露わになり、それが薄いせいで、こんもりと盛りあがった恥丘の形状までしっかりと確認できてしまった。

「ああんっ、いやーんっ……見ないでっ！」

女ははずかしそうにいやいやと首を振ったが、みずから両脚を大胆なM字に割りひろげ、穴によって露出された部分を山守に見せつける。幸運と言っていいのか悪いのか、俊平からもしっかりと見えた。アーモンドピンクの花びらがぴったりと口を閉じているたたずまいは清らかと言ってよかったが、ＳＦアニメのキャラクターにはあるはずのない性器を露出しているのだから、その光景は超弩級《ちようどきゆう》のいやらしさで、俊平は痛いくらいに勃起してしまった。

親友の彼女の陰部を見て勃起などしていいはずがない——罪悪感がこみあげてきても、俊平はまだ踵を返すことができず、それどころか身を乗りだし、窓の木枠に顔を押しつけてしまう。

山守がクンニリングスを開始したからである。それも、青い髪のコスプレ女をマングリ返しにして……。

「おいしいよっ……ユイちゃんのオマンコ、とってもおいしいっ……」

口にしてはならない四文字を連呼しつつ、山守は舌を躍《おど》らせる。猫がミルクを舐《な》めるような音が、部屋の外にいても聞こえてくる。山守はさらに、両手でピンク色の乳首をつまみあげ、こよりをつくるようにひねっていく。

「ああんっ！　はぁあああーっ！」

ユイちゃんと呼ばれた女は青い髪を振り乱し、顔を真《ま》っ赤《か》にしてよがりによがる。もはやアニメのキャラではなく、発情しきった獣《けもの》の牝《めす》だった。だがやはり、青いカツラと白い全身タイツの威力は強烈で、視線をそらせることができない。マングリ返しの体勢が、興奮に拍車をかける。俊平はマングリ返しでクンニをしたことはなかったが、チングリ返しにされたことはあった。勃起しきったペニスをしごかれながら、肛門を舐められた……。

「もう我慢できないよ」

山守はマングり返しの体勢を崩すと、ユイちゃんを四つん這《ば》いにした。ハアハアと息を荒げながらペニスを握りしめ、腰を近づけていく。口のまわりを女の蜜でネトネトに濡らした顔が、興奮にいきりたっている。

「ああんっ、早くっ！　早くちょうだいっ！」

尻を振りたてて挿入をねだるユイちゃんは、四つん這いになっていると、全身をすっぽり白いラバーで覆われているように見えた。しかしその服は、女の恥部だけが露出するように穴が空けられている。

山守が鬼の形相で挑みかかっていく。ユイちゃんもユイちゃんだが、全裸に瓶底《びんぞこ》眼鏡で勃起している山守も、ドン引きするほどアブノーマルだ。

「ああんっ！」

ずぶりっ、と後ろから貫《つらぬ》かれ、ユイちゃんがのけぞる。山守は両手を彼女の前にまわし、双乳を下からすくいあげた。必然的に上体が反り、穴から乳首の飛びだした姿が俊平の眼に飛びこんでくる。山守は左右の人差し指を立て、ピンク色の突起を、コチョコチヨ、コチョコチョ、とくすぐるように刺激する。
「ああんっ、いやあんっ！」

ユイちゃんが身をよじり、尻を振りたてると、

「いやらしいな、自分から腰を振って」

左右の乳首をぎゅうっと押しつぶした。

「あああーっ！　だっ、だってっ……だってえええっ……」

眼尻を垂らしていまにも泣きだしそうな顔になりながらも、ユイちゃんは尻を振りつづける。見ている俊平にまで、性器と性器がこすれあう音が聞こえてきそうだった。マンぐり返しでしたたかに舐めまわされたユイちゃんはきっと、したたるほどに濡らしているだろうし……。

……畜生《ちくしょう》。

俊平は汗ばんだ手を握りしめ、歯噛《が》みした。山守のセックスは、ずいぶんとこなれているように見えた。コスプレさせた女を電マで責める変態ぶりも堂に入《い》っていたが、乳首をくすぐりながら女を焦《じ》らし、自分は動かないまま言葉責めをするなんて、俊平には思いつきもしないやり方だった。

自分と同類だろうと思っていた山守が——いや、正直に言えば、いまだ童貞《どうてい》に違いな

く、こちらの童貞喪失話《そうしつ》を盛《も》りに盛って自慢してやろうと思っていた男が、自分よりずっと練達《れんたつ》なセックスをしていたことにショックを隠しきれない。

「いくぞ……動くぞ……」

山守は乳首をいじっていた両手をすべり落としていき、ユイちゃんの細い腰をつかんだ。満を持《じ》して腰を動かしはじめ、アニメのコスプレをしている女体に渾身《こんしん》のストロークを送りこんでいく。

「はっ、はぁあうううううううーっ！」

ひときわ甲高《かんだか》い悲鳴をあげ、喜悦《きえつ》を嚙みしめたユイちゃんはしかし、そのまま肉の悦《よろこ》びに溺《おぼ》れていくことはできなかった。

俊平が木枠に顔を押しつけすぎたせいだろう、窓が部屋側に抜けてしまい、パリンと派手な音をたてて磨りガラスが割れた。

バックスタイルで繫がった男女が、揃《そろ》ってこちらを見た。

身を隠すことができなかった俊平は、気まずげに頭を搔《か》きながら、

「よう……久しぶり」

ひきつった笑いを浮かべてそう言うしかなかった。

3

俊平がしつこく頭をさげると、

「申し訳ない……」

俊平は畳の上で土下座《どげざ》した。

服を着けた山守は、憮然《ぶぜん》とした顔であぐらをかいている。セックスを途中で中断させられたのだから、怒るのも当然だった。ユイちゃんはコスプレ姿のままシーツで身をくるみ、ひどく気まずげに眼を泳がせている。

「のぞくつもりじゃなかったんだ……でもその、変な声は聞こえてくるし、窓に隙間はあるしで、つい……」

「まあ、いいよ」

山守は苦笑した。眼鏡の奥の眼だけは笑っていなかったが。

「こっちも間違った住所教えたり、電話やメールが繋がらなかったりで、迷惑かけたわけだし。過ぎたことは忘れよう」

「本当にすまなかった……」

「もういいから、足を崩せよ」

山守は言い、

「彼、中学時代に親友だった万代俊平」

ユイちゃんにあらためて紹介してくれた。

「俺は中学を卒業したあと、親の転勤にくっついて大阪に来たんだけど、彼は東京で板前の修業を始めたんだ」

山守の態度は堂々とし、かつてのナイーブな中学生とは別人のようだった。おそらく、変態的なコスプレセックスが彼に自信を与えたのだろうが、のぞき魔の分際《ぶんざい》で、よけいな突っこみを入れることはできなかった。

「店が潰れて、いまは素浪人《すろうにん》みたいなものですけどね、よろしく」

俊平はユイちゃんに頭をさげたが、きっぱりと無視された。

「こっちにはいつ来たんだい？」

「三日前かな」

「どこで泊まってるんだよ。このあたりにはホテルも旅館もないだろう？」

「いやさ、それがひょんなことから……」

千早希のタコ焼き屋を手伝っていることを話した。

「タコ焼き屋って、すぐそこの裏の？　掘っ立て小屋みたいな」

「そうそう。店構えはあれだけど、大阪のタコ焼きって本当に旨《うま》いのな。俺は感動したよ」

山守とユイちゃんは意味ありげに眼を見合わせた。

「ずいぶんと曰《いわ》く付きのところに転がりこんだんだな」

「転がりこんだっていうか、手伝わされてるんだよ。腕を怪我《けが》しちゃって、タコ焼き焼けないから。俺にはほとんど責任はないと思うんだけど……」

「彼女……千早希さんって、この町の有名人って知ってた？」

「いや……」

俊平が首をかしげると、山守とユイちゃんは再び意味ありげに眼を見合わせた。

「なんだよ？　言いたいことがあるならはっきり言ってくれよ」

「男に逃げられたんだよ」

「へっ？」

「千早希さんには婚約者がいて、その人はまあ、レストランなんかをいくつも経営してる青年実業家でさ。成金にありがちなチャラついたところもなくて、苦《にが》み走《ばし》ったいい男なんだけど……半年くらい前、突然若い女に乗り換えて、千早希さんを捨てちゃったんだ。結婚したら千早希さんにタコ焼き屋をやらせるって話があって、彼女はキタのタコ焼き屋でタコ焼き修業してたのに、その話ごとパー。で、怒った千早希さんは、自分ちの敷地内にあんな掘っ立て小屋を建てて、タコ焼き屋を始めたってわけ」

「元カレに対するいやがらせ、ってもっぱらやんね」

ユイが初めて口を挟んだ。

「あっこのタコ焼き、たしかにおいしいんやけど、千早希さんがプーッと頬《ほお》ふくらませて怒ってる顔にそっくりやって」

「泊めてもらってるって、おまえ、千早希さんちの母屋にだよな?」

「ああ……」

俊平がうなずくと、山守とユイちゃんは揃ってじっとりした視線を向けてきた。

「おっ、おいおい……泊めてもらってるって言ったって、なにもないよ。あるわけないじゃないか。ちゃんとした客間に通してくれたし、俺は洗濯だって自分でしてるしね。あの人、サバサバしてるから、居候的には大変ありがたいっていうか……」

「そうかな?」

「違うと思うわ」

「なっ、なにが……」

「あの人、ああ見えてとっても女っぽいんやないかな。そやなかったら、あんな未練たらしいこと、絶対せえへんもん。勇《いさ》ましい格好しとっても、中身はグズグズでウジウジのタイプなんちゃうかな」

「いっ、いやあ……」

俊平は苦笑まじりに頭を掻くしかなかった。

「たとえそうだとしても、俺には関係ないっていうか……こっちは単なる通りすがりの旅人で、行きがかり上、ちょっとばかり手伝うことになっただけで……あと二、三日もすればこの町から出ていくわけで……」

「だといいけどな」

山守は溜息まじりに言った。

気まずくなったその場の空気から逃げだすようにして、俊平は部屋から出ていった。

三年ぶりの再会だったが、山守はセックスの続きをしたそうな顔をしていたし、彼のアパートに泊めてもらうという話も、ユイちゃんのような存在があっては無理だろうと思った。

「そろそろ、右手は治ったんじゃないですか?」

翌日、俊平は千早希に切りだした。

「治ってるなら、タコ焼き焼いて食べさせてほしいですね。きっと俺なんかが焼くより、ずっと旨いでしょうから」

「なに言うてんねん。自転車でゴミ捨て場に突っこんだんやで。一歩間違えたら救急車で運ばれとったような大事故や。そう簡単に治るわけないやろ」

千早希は一笑《いっしょう》に付《ふ》すと、わざとらしく右手をさすってみせた。

「どれくらいで治りそうです？」

「なんでや？」

「僕もそろそろ、旅の続きがしたくなりまして。友達とも会うことができたし……」

「急ぐ旅やないいんやろ？」

「いや、まあ、そうですけど……」

しどろもどろになった俊平の耳には、昨日山守から聞いた話がこびりついて離れなかった。婚約解消なんてよくある話だし、それによって千早希が怒っていようがいまいが、自分には関係ない——そう思っていても、話を聞いてしまった以上、客の視線が気になった。事情を知ってしまうと、誰も彼もがニヤニヤと嫌な笑みを浮かべているように感じられてならなかった。

山守やユイちゃんに疑われたように、客からも千早希との関係を疑われているとしたら、心外《しんがい》もいいところである。千早希がどうこうではなく、薄汚い噂《うわさ》話に巻きこまれるのが不愉快《ふゆかい》だった。とかく世間は噂好きなものだが、千早希の言われようは、いじめの一種のようにも感じられ、気分が悪い。彼女のためにも、自分は早くここから立ち去るべきだと思った。

「申し訳ないですけど……」

心を鬼にして言った。

「はっきり言って、最初から僕には責任がないことじゃないですか。あんな急な坂道、自転車で猛スピードを出すほうがおかしい。千早希さんも大怪我するかもしれなかったですけど、僕だって同じだったわけで……」

千早希の顔が、急にしおらしくなった。顔から血の気が引いていき、上目遣いで見つめられたが、ほだされてはいけない。

「泊まらせていただいてたのはありがたいですし、タコ焼きの味の勉強もさせてもらって感謝してますけど、僕は今日限りで……」

「待ってえや」

千早希が遮《さえぎ》った。

「話はようわかったから……あと三日だけ手伝ってくれん？　日曜日までや……そうしたらもう、無理言わんから。笑顔であんたのこと送りだせる思うし……な、お願いや」

哀願《あいがん》する表情があまりにも切実だったので、さすがに断りきれなかった。もともと一週間程度は手伝うつもりだったのだから、予定通りのようなものだ。

それにしても、普段からケンケンと怒りっぽい女はずるいと思った。ちょっと哀《かな》しげな顔をしただけで、同情の虫が疼《うず》いてしまう。

4

日曜日は一日中、俊平ひとりでタコ焼き屋を切り盛りした。

千早希はどこか出かける予定があったのだろう。ゆうべからそわそわと落ち着かなかったが、俊平にはどうでもいいことだった。

とにかくあと一日、夜になって店を閉めれば、その足で駅に向かい、都市部のカプセルホテルかネットカフェにでも泊まるつもりだった。

どうにも居心地《いごこち》が悪くなっていた。千早希のせいではなく、客のほうだ。こちらが意識しはじめたせいもあるのかもしれないが、品性下劣《げれつ》な好奇《こうき》の視線が増えていくばかりだったし、ついに「おにいちゃん、千早希ちゃんの新しい彼氏なん?」と露骨《ろこつ》に訊ねてくるおばさんまで出現した。もちろん、言下《げんか》に否定したが、千早希も大変だろうと思った。ねじり鉢巻きにダボシャツ姿で強がっていないと、心が折れてしまいそうなのかもしれなかった。

午後七時になって、店を閉めた。焼き台の火を落とし、洗い物を終えても、千早希は帰ってこなかった。店を閉める前までには帰ってくると言っていたはずなのだが……。

「お疲れさん」

背中から声をかけられ、掃除《そうじ》をしていた俊平は振り返った。一瞬、驚いて声が出なかった。

モスグリーンのワンピースを着た美しい女が立っていた。ワンピースというより、ドレスと呼んだほうが正確だろうか。生地に高級感があったし、ミニ丈のデザインも洒落《しゃれ》ている。それに合わせたように、髪はくるくるとカールされ、イヤリングやネックレスなどのアクセサリーも光っている。

千早希だった。

完全に別人だと見違えてしまった。いつもと違ってメイクもきつくなく、柔《やわ》らかで女らしい感じだったから、よけいに……。

「片づけ、終わったん？」

「……ええ」

「すぐに出るのんか？」

「そっ、そうですね……」

「ワイン買ってきたから、ちょっと一杯付き合わへん？　デパ地下で、総菜《そうざい》なんかも揃えてきてん」

「いや……まあ、いいですけど……」

断れなかったのは、千早希がいつもと違って美しく、可愛らしい姿をしていたからだろうか？　それとも、口調や表情に、抜き差しならない淋しさや哀しさが滲んでいたからか？

一週間にわたり居候を決めこんでいたとはいえ、俊平は彼女とリビングで一緒に食事をしたことはなかった。千早希は誘ってくれたのだが、なんとなく気後《きおく》れして、コンビニで買ってきたもので済ませていた。

「ちょっと買いすぎてしまったやろか。これじゃあ、ふたりで食べきれんかもしれんなあ」

総菜を皿に移し、テーブルに並べると、たしかに壮観《そうかん》だった。サラダ、オードブル、ローストビーフ、照り焼きチキン、さらに揚げ物などもあり、ここにケーキが加われば、誕生パーティでもできそうである。

ワインも赤と白の二種類あり、千早希は白のボトルをアイスペールに入れて冷やした。

「僕、お酒苦手なんですけど……」

「まあ、そう言わんと、最後の晩餐《ばんさん》やないの」

千早希を手伝って用意を進めながら、俊平は現実感がどんどん失われていくようだった。いま隣にいる巻き髪にドレスの女は、本当に千早希だろうかと思った。昨日まではねじり鉢巻きにダボシャツで、気にくわないことがあると容赦《ようしゃ》なく蹴飛ばしてきたのに……。

テーブルに相対し、乾杯した。

千早希はワインをひと口飲むと、深い溜息をつき、

「なんや……ようさんありすぎて、食欲のうなってくるな……」

テーブルのご馳走を見て苦笑する。

「どうしたんですか、その格好？」

俊平はおずおずと千早希の顔をのぞきこんだ。よけいなことは訊くべきではない、とわかっていても、訊かずにはいられなかった。この状況でスルーするのも、それはそれで不自然すぎる気がした。

「正直言って、見違えちゃいましたよ。いつもとは別人みたいで……」

「なんや。それじゃあいままでは、男勝《まさ》りのドブサイクとでも思うてたんか」

ようやくいつも通りの悪態《あくたい》が飛びだし、俊平は安堵《あんど》したが、

「まあ、ええよ。他人にどう思われたってええ。うちはもう、女を捨てとるみたいなもんなんやから……」

すぐに虚《うつ》ろな眼つきになり、ぼんやりとワイングラスを見つめる。

「たっ、食べましょうよ、とりあえず……」

俊平は無理やり笑顔をつくり、料理を皿に取り分けた。おそらく、高級デパートの地下にある、値の張る店で買ってきたのだろう。海鮮を使ったサラダも、ローストビーフや照り焼きチキンも、びっくりするほどおいしかったが、千早希は手をつけず、フォークを手に取ろうともしない。

次第に不安になってきた俊平を尻目に、

「今日……結婚式やってん……」

千早希は掠《かす》れた声で話をはじめた。

「実はな、うちには結婚の約束した男がおってん。それが半年前、若《わ》っかい女とできてしまいよって……別れの台詞《せりふ》がよかったわ。『キミは俺がいなくても大丈夫やろが、あっち

は俺がおらんとダメなんや』……手垢《てあか》にまみれた言い訳ぬかしよって、どついたろうか思ったけどな……そいつの結婚式が、今日やってん。この町じゃ、うちとそいつがいずれ結婚する仲やいうことみーんな知ってるよって、円満に別れたことをアピールするためやろうな。人の気ぃも知らんと、ホンマに招待状送ってきよったから、びっくりしたわ。でもまあ、招待状貰《もら》ったのに、欠席するのも大人《おとな》げないやん？　ええ度胸《どきょう》や、売られた喧嘩《けんか》は買《こ》うたるで、と思うやん？　酔うたふりして、ビールでもぶっかけてやろう思うてたけど……できひんかった。なんや幸せそうでな。うちといるときそんな顔したことある？って訊きとうなるような、こーんなに眼尻たらしよってから……また、花嫁さんが綺麗《きれい》なんや。ウエディングドレスってあれ、女の七難《しちなん》隠すな。ごめんやけど、そのへん歩っとったら、どうでもいいような女やで。若さとでかい乳くらいしかええとこないような女やのに、純白で裾の長いドレス着て、万雷《ばんらい》の拍手の中登場したら、そらもう輝くばかりにキラッキラやった……なんなんやろうな、もう……本当はうちがあのドレス着て……うちが真っ赤なヴァージンロードを……」

ガタンッ、と椅子《いす》を倒して、千早希が突然立ちあがった。背中を向けて廊下の奥に向かう。

泣き顔を見られたくなくて、洗面所にでも逃げこんだのだろう。

「……ふうっ」

俊平は深い溜息をついた。事情は山守から聞いていたが、まさか結婚式に出席していたなんて……。

そんなことをしたところで、自分を傷つけるだけではないか。

廊下の向こうからすすり泣きが聞こえてくる。やがてそれは、火がついたような号泣となって、俊平の胸を搔き毟《むし》った。まるで赤ん坊のようなギャン泣きだ。普段の彼女が強がりばかりなだけに、泣き声が切々と胸に迫る。

耐えられずに立ちあがり、廊下の奥に進んだ。洗面所の扉は開けっぱなしで、千早希は洗面台に両手をつき、肩を震わせて泣いていた。

ドキリとしてしまったのは、鏡に映った彼女の顔が、真っ赤になっていたからだ。泣き声は悲愴《ひそう》感に満ちているのに、泣き顔は……哀しみに暮れている千早希に悪いけれど、なんだかエロティックだった。

「大丈夫ですか？」

後ろから声をかけると、

「心配せんでも、明日からまた男勝りの女に戻ったる」

背中を向けたまま、声を震わせた。

「でも今日は……今日だけはダメや……涙とまれへん……」

「千早希さんらしくないですよ」

俊平は背中をさすった。

「男のひとりやふたり、どうってことないじゃないですか。千早希さん綺麗だし、その気になったらすぐに次の彼氏が見つかりますって」

「……わかったようなこと言うてくれるやないの」

千早希がしゃくりあげながら振り返る。

「次の男が見つかっても、うちみたいな女、どうせまた捨てられるんや」

「いまは悲観的になってるだけですって。元気になればきっと……」

「なんでそんなことが言えるん？」

千早希は俊平の腕をつかみ、体を預けてきた。泣きじゃくっていたせいで、モスグリーンのミニドレスに包まれた彼女の体は、熱く火照《ほて》っていた。

「ねえ、なんで？　なんでなん？」

言いながら、体を押しつけてくる。胸に乳房の丸みが伝わってきて、股間にまで柔らかい下腹が……。

「あっ、あのうっ！」

俊平はたまらず声をあげた。

「だっ、抱きつくのはちょっと……離れてもらっていいですか……僕だって男だから変な気持ちに……」

「なったらええやん」

千早希はエロティックな泣き顔を無防備に突きつけてきた。

「うちなあ、ほんまはあんたに感謝しとるんや。わかってた思うけど、腕だってとっくに治ってたし……でも、ひとりやと今日まで平常心を保っていられる自信がなかったんや……だから、わがまま言ってここにいてもらったお礼に……抱いてもええよ」

俊平はにわかに言葉を返せなかった。

「でも、抱いたらわかるわ」

「なっ、なにが……」

「うちが男に捨てられた理由」

緊張が走った。

「うちなあ……なんていうか、その……マグロなんや」

「へっ……」

唖然《あぜん》とする俊平を、千早希が見つめてくる。その表情はどこまでも真剣で、冗談を言っているようには見えなかった。

5

千早希の寝室は二階にあった。

シングルサイズのベッドが置かれ、ベッドカバーもカーテンも絨毯《じゅうたん》までパステルピンクで統一されていた。カントリー調のチェストの上には、フォトスタンドや香水のコレクションが並べられ、びっくりするほど女らしい部屋だった。

おまけに、枕《まくら》元にはぬいぐるみがずらり。色とりどりだが、どれもカエルだ。女の子は自分に似た動物のキャラクターを好きになるものらしいが、そういえば千早希はちょっとカエルに似ていた。眼がつぶらで離れ気味、鼻は低めで、口は大きい。いつもはきつい化粧のせいで大人びて見えるが、涙で化粧が落ちたいまは、ずいぶんと若く見える。

「似合わへん、思うとるやろ?」

千早希はベッドに腰をおろし、カエルのぬいぐるみの頭を撫《な》でながら言った。

「前の男もよう言うとったわ。けど、うちはこういう部屋が落ち着くんや。カエルちゃん、いっぱいおってな」

ぼんやりと立ち尽くしている俊平に、眼を向けてくる。眉根《まゆね》を寄せて、じっと見つめてきた。

「マグロでもええんやな？」

「はあ……」

うなずきながらも、妙な展開になってしまったと俊平は思っていた。女らしいドレス姿で号泣している彼女を見て、その気になったのは事実だった。千早希はサレ妻ではないけれど、妻になる前に浮気されて捨てられたから、似たようなものではある。彼女が漂わせている淋しさに、欲情のスイートスポットを刺激されたことは間違いないのだが……。

マグロということは、愛撫《あいぶ》をしても感じないのだろうか？　そういう女がいるということは、知識としては知っていたが、つい最近まで童貞だった俊平に、対抗策はなにもない。

「ほな、しよか」

千早希は淡々《たんたん》とした口調《くちょう》で言うと、枕元のスタンドをつけ、壁にあるスイッチを切って蛍光灯を消した。にわかにムーディになったパステルピンクの部屋の中で、こちらに背中を向けてワンピースを脱いだ。

ごくり、と生唾《なまつば》を呑みこんでしまう。

ずいぶんと体の線を強調したドレスだと思っていたが、やはり着衣の上からでは正確なスタイルはわからないものらしい。

千早希の尻はボリュームがあった。豊満なのではなく、丸い。左右に振ったらプリプリと音がしそうなプリケツだった。

ストッキングも脱いで下着だけになると、体を投げだすようにして、ベッドの上であお向けになった。胸を包んでいるブラジャーと、股間に食いこんでいるパンティは、春の花畑を思わせる花柄だった。下着の趣味も、女らしいようだ。いつもは、蛇《へび》の鱗《うろこ》のような恐ろしい柄の入ったダボシャツを着ているくせに……。

「あんたも、はよ脱ぎいな」

千早希の口調が淡々としているせいで、どうにもいまからセックスが始まる気がしない。しかし彼女は、予想以上にスタイルがよく、胸も大きかった。太腿《ふともも》もムチムチで、花柄のパンティがぴっちり食いこんだ股間など、匂いたつようだ。

俊平もブリーフ一枚になると、

「失礼します」

ベッドにあがっていった。シングルサイズなので、大人がふたり並ぶと、狭かった。必然的に、腕のあたりが密着してしまう。千早希の腕は細いが、素肌は滑《なめ》らかですべすべしていた。

「なにしとんねん?」

横眼で睨《にら》まれた。

「うちはマグロや言うとるやろ。あんたがリードしてくれへんと、ずっとこのままやで。ぼやぼやしてたら寝てまうわ」

「……ですよね」

俊平は苦笑をもらし、左手で千早希に腕枕をした。そうしつつ、右手で頭を撫で、顔を近づけていく。

唇《くちびる》を重ねた。俊平は舌を差しだし、千早希の口の中に侵入しようとしたが、彼女はなかなか口を開いてくれない。しばらく頑張ってなんとか舌をからめあわせることに成功したが、千早希は気もそぞろで、視線が宙をさまよっている。

なんとかしなければならなかった。

この雰囲気が最後まで続くとなると、苦行《くぎょう》以外のなにものでもない。

ブラジャーを奪った。お椀形の白い乳房が露《あら》わになったが、千早希は平然としている。

「うち、ちょっと乳首黒いやろ?」

などと自虐《じぎゃく》的な冗談まで言いだす始末で、俊平は泣きたくなってきた。マグロの女とは、羞恥心《しゅうち》もないのだろうか。

「綺麗なおっぱいじゃないですか。乳首だってそんなに黒くありませんよ」

やわやわと揉《も》みしだきながら褒《ほ》め言葉をささやいても、

「そやろかねえ」

と鼻で笑う。

いくらマグロとはいえ、あんまりな態度だった。これではエッチな気分になど、なりようがないではないか。

頭にきた俊平はガバッと体を起こし、花柄のパンティに目標を変えた。女のいちばん恥ずかしいところを露出しても、平然としていられるのか確かめようと思った。パンティの両側をむんずとつかみ、ちょっと強引に引きずりおろした。

太腿までおろしたところで、俊平の手はとまった。

毛がなかった。そこにふさふさ生えているはずの黒い繊毛が一本も見当たらず、むき卵のようにつるりとした恥丘が見えている。さらに割れ目の上端までチラリと……。

「なっ、なんですか、これは？」

「パイパンや」

「それはわかりますけど、生まれつき……」

「ちゃうわ。ブライダルエステに行ったとき、いまどきのセレブはみんなやってますなんて口車《くちぐるま》に乗せられて、してもうたんや」

俊平は生身のパイパンを初めて見た。花柄のパンティを脚から抜くと、息を呑んで両脚をひろげていった。

女の花が剝《む》きだしだった。アーモンドピンクの花びらがくにゃくにゃに縮《ちぢ》れ、巻き貝のようになっていた。毛がない女性器は卑猥すぎた。わびさびがゼロで、ペニスを迎え入れるための器官であることだけを、生々しく主張している。

「ジロジロ見んといてっ！」

千早希が声を尖《とが》らせた。

「あの人にだって、毛のないところは見せたことなかったんやから……」

婚約者のためにブライダルエステに通っていたのに、セレブ仕様のパイパンが仕上がる前に破談になってしまった――ということらしい。同情してしかるべき哀しい話だったが、いまの俊平にはどうだってよかった。

婚約者にさえ見られたことのないパイパンの女性器を、通りすがりの居候にジロジロ見られ、千早希は顔を赤くしていた。初めて羞《は》じらいの表情を見せたのだ。そのことに、俊平は奮い立った。千早希の両脚をしっかりとM字に割りひろげ、その中心に顔を近づけていく。

「光栄ですよ……」

ふうっ、と息を吹きかけると、

「んんんっ……」

千早希は鼻奥で声をもらして身をよじった。羞じらいが感度をあげている、と判断してもいいリアクションだった。

「僕が初めて見るんですね、千早希さんのツルマン……」

「ツルマン言うなやっ!」

言葉遣いが乱暴になったのは、焦《あせ》っている証拠だった。千早希もわかっているのだ。女の恥部中の恥部に熱い視線を注ぎこまれ、体が疼きだしているのを……。

「初めて見せてもらったお礼に、たくさん舐めさせてもらいます。花びらがビロビロにふやけて、クリトリスがツンツンに尖りきるまで」

「もうええからっ! クンニなんかええから、唾でもつけてはよ入れてっ……あああっ!」

千早希が悲鳴をあげたのは、俊平が彼女の体を丸めたからだ。

マンぐり返しである。

俊平の頭の片隅には、ユイちゃんがコスプレ姿でマングり返しをされている光景がまだこびりついたままだった。チングり返しをされたことのある俊平は知っていた。あれはたまらなく恥ずかしい。身も蓋《ふた》もない格好のまま身動きを封じられ、おまけに相手と眼が合っているのだ。

「いやや！　こんなんいややっ！」

千早希はジタバタと暴れたが、すでにマングり返しの体勢は完成していた。肘《ひじ》で両脚をひろげつつ、両手をつかんでしまえば、もうなにもできない。千早希は真っ赤な顔を左右に振り、豊かな双乳を揺れはずませるばかりになる。

俊平は千早希を見つめながら舌を伸ばした。紅潮した千早希の顔がこれ以上なくひきつっていくのを確認しつつ、巻き貝のようになっているアーモンドピンクの花びらをペロペロと舐めてやる。

「あああああーっ！」

千早希は悲鳴をあげたが、俊平はかまわず舌を躍らせた。花びらが縮れすぎているので、割れ目がどこにあるのかわからなかったが、刷毛《はけ》で煮きりを塗るように表面を舐めていると、次第にほぐれてきた。千早希の体の内側が、見えた。薄桃色の粘膜《ねんまく》がひくひくと息づいている……。

「あおっ！」

舌先を差しこんでやると、千早希は白眼を剝きそうな顔でおかしな悲鳴をあげた。内側を掻きまわし、花びらを口に含んでしゃぶりたてていると、彼女がマグロなんかではないことがはっきりわかった。

舐めれば舐めるほど、新鮮な蜜が大量にあふれてきた。唾液《だえき》と混じって泉のようになり、舌を動かせば猫がミルクを舐めるような音がたった。表情だって、あきらかに感じている。眉根を寄せてぎゅっと眼をつぶり、小鼻を赤く腫《は》らして、開いた口を閉じることができない。

千早希はただ、経験値が低いだけなのだ。

この体には間違いなく、豊かな性感が眠っている。

「ああああっ……はぁああっ……はぁうううう一っ！」

悲鳴も次第に艶《つや》めいて、淫らな表情になっていく。俊平と眼が合うと、すかさず平静を装おうとするが、無駄な抵抗だった。俊平の舌がクリトリスに到達すると、開いた口をわなわなと震わせた。体の奥で震えが起こっているのが、マングり返しで押さえこんでいる俊平にも伝わってくる。

クリトリスはまだ、包皮を被《かぶ》ったままだった。舌先でねちっこく突きまわしてやると、次第に頭を出してきた。小粒の真珠のような珊瑚《さんご》色の肉芽が、もっと舐めてとばかりに身震いしている。

俊平は望みを叶《かな》えてやった。舌先で舐め転がし、口に含んで唾液の中で泳がせた。唾液ごとじゅるじゅると吸いたててやると、

「あっ、あかんっ！　そんなのあかんてーっ！」

千早希は真っ赤な顔で髪を振り乱した。綺麗にセットされたおしゃれな巻き髪が崩れ、ざんばらに乱れていく。

いい眺めだった。

俊平は瞬《まばた》きも忘れて千早希の顔を凝視《ぎょうし》しながら、ねちっこくクリトリスを愛撫した。

6

マングり返しの体勢を崩すと、千早希はしばしの間、放心状態に陥《おちい》っていた。ベッドの上にあお向けに体を投げだしたまま、乳房や股間を隠すこともせず、ただ荒々しく息をはずませつづけた。

もう少しでイカせることができそうだった——俊平は少し残念だったが、体を丸めて頭

を下にするマングり返しの体勢は苦しい。チンぐり返しを経験したので知っている。あまり長い時間押さえこんでいるのは可哀相《かわいそう》なので、イキそうだったが途中で切りあげたのだ。

とはいえ、まだ舐め足りない気がした。パイパンのせいなのか、あるいはマグロを自称していた千早希を感じさせることに興奮しているのか、今日はやけにクンニに燃えている。千早希の呼吸が整ったら、今度は苦しくない体勢で舌を使ってやろうと思った。

しかし、

「今度はうちの番やね」

千早希は呼吸が整う前に上体を起こし、前髪を掻きあげながら恨みがましい視線を投げてきた。睨んでいるつもりらしいが、眼の下がねっとりと紅潮し、瞳が潤《うる》んでいるのでいつもの迫力はない。

「フェラしたるから、横になりぃ」

「いっ、いいえ……」

苦笑した俊平の脳裏《のうり》には、かつての記憶が蘇《よみがえ》っていた。この展開は前にもあった。美智子をクンニでイカせたはいいが、チンぐり返しの逆襲に遭《あ》ったのだ。美智子より気性の荒そうな千早希にイニシアチブを渡すのは、本能的にまずいと思った。

「いいですよ、まだふやけるまで舐めてませんから、続きを……」

「フェラや」

「考えてみてくださいよ。落ちこんでいる千早希さんを慰《なぐさ》めるためにエッチしてるわけですから、千早希さんが舐められるべきで……」

「フェラや言うとるやろ」

千早希が譲《ゆず》るつもりはないようだったので、

「じゃあ、一緒にしましょうか」

俊平は折衷《せっちゅう》案を提示した。

「シックスナインをしましょう。それなら、お互いに舐めあえる」

千早希に負けず劣らず経験値の低い俊平は、シックスナインの経験がなかった。つまり、やってみたいプレイの筆頭だった。

「シックスナインってあれか？　女が男の上に乗ってお尻を突きだす……」

「そうです」

「いやや、あんなん恥ずかしい」

「ハハッ、セックスなんてそもそも恥ずかしいものじゃないですか」

「じゃあ、あんたが上になりぃ。そんならええわ」

「ええっ？」

俊平が頭に思い描いているシックスナインは、女性上位のものだった。男が上になるなんて、AVでも見たことがないような気がするが……。

それでもとにかく舐めて舐められるディープな前戯を経験したくて、千早希の上にまたがった。尻を彼女に向けて。

……なるほど。

これはなかなか恥ずかしい格好だと、骨の髄《ずい》まで思い知らされた。尻の穴がスースーするし、玉袋の裏あたりに千早希の視線を感じてしまう。

だが、恥ずかしいということは、興奮するということでもあった。おそらく、童貞時代ならそんなことは思わなかっただろう。

しかも、目の前には女の下半身がある。両脚をひろげれば、繊毛に守られていない、剝き身の花が姿を現わす。アーモンドピンクの花びらも、いまやぱっくり口を開いて、薄桃色の粘膜が見えている。肉ひだの層の隙間から、蜜はおろか白濁した本気汁まで漏《も》らしている……。

「むうっ！」

不意にペニスに刺激が訪れ、俊平はのけぞった。千早希が亀頭を咥《くわ》えこんだのだ。生温かい口内粘膜にぴっちりと包みこまれる快感は、男に生まれてきてよかったと素直に思えるものだった。

負けじと舌を伸ばそうとして、少し考えた。マングり返しと同じやり方でクンニするのは、いかにも芸がないと思った。そこで、中指を口に含んで唾液をつけ、蜜壺にずぶずぶと差しこんでいった。

「ぅんぐっ！」

ペニスを口に咥えこんだまま、千早希が鼻奥で悶《もだ》える。なんだか、ひどくいやらしいことをしている気になってくる。中指で蜜壺の中を掻きまわせば、悶え声は切迫し、ペニスの吸いたて方に熱がこもった。

「ぅんぐっ！　ぅんぐぐっ……」

千早希の反応をうかがいながら、中指を動かす。どこがいちばん感じるのだろうか。入口の方か、それとも奥か……。

「ぅんぐうーっ！」

悶え声が跳《は》ねあがったのは、上壁にある小さな窪《くぼ》みに指が届いたときだった。ぐっ、ぐっ、ぐっ、と押してやると、千早希は激しく身をよじり、ペニスを咥えていられなくなった。

「そっ、そこはあかんっ！　そこはあかんてっ！」

もちろん、「あかん」と言うからには彼女のツボであり、急所なのだ。もしかすると、ここが噂に聞くGスポットなのだろうか。

ぐっ、ぐっ、ぐっ、と押しながら、俊平は舌先を尖らせ、クリトリスを舐め転がした。二カ所同時に責めれば快感も倍増するに違いない、という単純な発想だったが、効果は絶大だった。

「いっ、いややっ！　そんなんしたら、おかしなるっ……おかしくなってまうよおおおーっ！」

ビクンッ、ビクンッ、と腰を跳ねあげては、M字にひろげた両脚をわなわなと震わせる。見ているだけで感じていることがわかったが、と同時に、蜜壺の締まりも増していく。指が食いちぎられてしまいそうなうえ、小刻みな痙攣《けいれん》が伝わってくる。こんなところにペニスを入れたらいったいどうなってしまうのか、想像するだけで口の中に唾液が溜まっていく。

「もうええっ！　もうええから、これ入れてっ！　入れてやっ！」

すさまじいハンドスピードでペニスをしごかれ、

「おおうっ！」

　俊平は一瞬、息がとまった。愛撫を続けていることもできなくなり、千早希の上からおりた。ちょうどいいタイミングなのかもしれなかった。俊平ももう、我慢できなくなっていた。千早希の両脚の間に腰をすべりこませ、彼女の唾液でヌルヌルになったペニスを、入口に押しあてた。

　パイパンなので、狙いを定めるのが簡単だった。こういう角度で入れればいいのかと勉強にさえなったが、いまはそれどころではないのだ。

「いっ、いきますよ……」

　千早希は紅潮した顔を思いきりこわばらせ、眼を見開いてうなずいた。緊張しているようだった。しかし、彼女は断じてマグロではない。愛撫をすればよく濡れるし、指さえきつく締めあげてきた。だからきっとうまくいく。ペニスを入れたって感じてくれる……。

「んんんーっ！」

　腰を前に送りだすと、千早希の顔が歪《ゆが》んだ。それでも必死に眼を凝《こ》らして、こちらを見つめてくる。やさしくして、と言いたいのかもしれなかった。ならば、やさしくしてあげるのが男の務めに違いなかった。

　俊平は一気呵成《いっきかせい》に貫かず、まずは浅瀬で出し入れした。亀頭だけを埋めた状態で小刻みに腰を動かし、じわじわと結合を深めていく。

千早希が息を呑んで見つめてくる。息を呑んでいるから、顔がますます赤くなり、耳や首筋にまでそれがひろがっていく。

泣き顔がエロティックだった彼女は、紅潮した顔もまた、とびきりいやらしかった。耐えているようであり、苦しんでいるようでもあるのに、それを上まわる勢いで色香を放射している。視線をはずすことができない。ペニスの出し入れはたとえ小刻みでも心地よく、眼をつぶって快楽を嚙みしめたくても、瞼《まぶた》をおろすことができない。

「んんんっ……あああっ……はぁあああああーっ！」

ずぶずぶといちばん奥まで入っていくと、千早希はいままで溜めこんでいた息を、一気に吐きだしながら声をあげた。

俊平はしばらくの間、動かなかった。

じっとしたまま結合の実感を嚙みしめ、千早希の顔を見つめていた。

千早希も見つめ返してくる。両手が首にまわってくる。引き寄せられ、唇が重なる。千早希の口の中は唾液があふれ、先ほどの空々《そらぞら》しいキスが嘘のように、情熱的に舌をからめてきた。唾液と唾液が糸を引いた。

「ぅんんっ……ぅんんっ……」

むさぼるように舌を吸いあっていると、自然と腰が動きだした。深々と埋めこんだペニスで、最奥をぐりぐりと押しあげた。

「ああっ！」

千早希は声をあげたが、まだキスを続けたいようだった。俊平は熱い口づけに応えながら、ゆっくりと抜き、入り直していった。時折、腰をまわしてみたりもした。焦る必要はなにもなかった。次第に、ずちゅっ、ぐちゅっ、と粘りつくような音がたちはじめた。性器と性器がこすれあう音だった。千早希が新たな蜜を分泌《ぶんぴつ》したのかもしれない。

「なっ、なあっ……」

不意に千早希が、顔にたかる蠅《はえ》を追い払うような仕草《しぐさ》をした。蠅も蚊《か》も飛んでいなかったが……。

「あんたの視線、邪魔くさい」

「そう言われても……」

「気が散ってしゃあない」

「眼をつぶれって言うんですか？」

「そやなくて……」

千早希が起きあがろうとしたので、俊平は被せていた上体を起こした。そのままあお向けにされ、繋がった状態で騎乗位の体勢になった。視線は合ったままだった。意味がわからなかったが、千早希の目的は単なる騎乗位ではなかった。やはり性器を繋げたまま、体を反転させてこちらに尻を向けてきた。

「な、これならあんたに顔見られんですむやろ?」

首をひねって茶目っ気たっぷりに鼻に皺《しわ》を寄せたが、俊平は呆然《ぼうぜん》とするばかりだった。女性上位のシックスナインを「恥ずかしい」という理由で拒んだのは、いったい誰なのか?

「んんんっ……」

千早希は前屈《かが》みになり、ひときわ大胆《だいたん》に尻を突きだすと、それを上下に動かしはじめた。蜜でネトネトに濡れた肉棒が、彼女の中から出てきて、また入っていく。アーモンドピンクの花びらが肉棒に吸いつき、巻きこまれていく様子がはっきり見える。

あえぎ顔を見られるのは嫌でも、他のところはいくら見られてもいいのだろうか。ペニスの出し入れされる結合部どころか、セピア色にすぼまった尻の穴まで見えているのに……。

呆《あき》れている俊平をよそに、千早希の腰使いに熱がこもっていく。まるで抜き差しを見せつけるように、尻を上下させていたかと思うと、今度は深々と呑みこんで、丸みの際立つ尻全体をぶるぶると震わせる。さらには腰を前後に送り、クイッ、クイッ、と音がしそうな、いやらしすぎる動きを見せる。

俊平は千早希の腰使いに見とれた。まるでサンバを踊っているようだった。いや、サンバよりもさらにエロティックなダンスだ。なにしろ彼女は、ペニスを蜜壷に咥えこんでいるのである。尻が上下に動けば、ペニスには口唇でしゃぶりあげられるような刺激が訪れる。尻が震動すればペニスの芯《しん》までそれが伝わり、前後運動になると怒濤《どとう》の快感が押し寄せてくる。

さらに……。

「ええわぁ……とってもええよぅ……」

時折首をひねって紅潮した横顔を見せてくれるのが、たまらなかった。腰から下は別の生き物に乗っ取られたように複雑な動きを見せているのに、横顔には羞じらいを隠しきれない。羞じらいながらも感じている。

「もうイキそうやっ……うちもうっ……もうっ……」

俊平はじっとしていることができなくなった。じっとしていても、千早希を絶頂に導き、みずからもフィニッシュすることができそうだったが、上体を起こして彼女を後ろから抱きしめた。

「あううっ！」

乳首をいじってやると、千早希はのけぞった。抱きしめられて動きづらくなっているはずなのに、彼女の腰は動きつづけていた。ずちゅっ、ぐちゅっ、と粘っこい音をたてて、性器と性器をしたたかにこすりあわせてきた。

背面騎乗位から背面座位なんて、熟練者向けの展開に違いなかった。まだセックスの初心者マークがとれない俊平は、そのことに舞いあがり、さらなる新境地を拓《ひら》きたくなった。左手で乳首をいじりながら、右手をクリトリスに伸ばしていった。

「はっ、はぁおおおおおーっ！」

千早希がガクガクと腰を揺らす。俊平は右手の中指をワイパーのように動かし、尖った肉芽を刺激した。蜜壺には、自分のものとは思えないほど太く膨張《ぼうちょう》したペニスがずっぽりと埋まっていた。その状態でクリをいじられ、気持ちがよくないわけがなかった。

「ええようっ、ええようっ……オメコええっ！　オメコ気持ちえええーっ！」

千早希は全身を淫《みだ》らがましくくねらせながら、よがりによがった。体を密着させているので、彼女の体温が急上昇していくのを感じた。噴きだした汗で素肌と素肌がヌルヌルとすべった。

俊平は千早希を強く抱きしめた。彼女には限界が近づいているようだったが、俊平もまた、そうだった。

「あかんっ、あかんっ、あかんっ……もうイクてっ……イキよるっ……イクイクイクッ……はぁあああああーっ！」

ビクンッ、ビクンッ、と全身を跳ねさせて、千早希は絶頂に達した。にわかに蜜壺がぎゅうっと締まり、俊平も我慢の限界に達した。激しく痙攣している千早希を下から突きあげながら、射精に向かって全速力で走りだした。

7

翌朝——。

俊平と千早希は、朝食を一緒に食べた。ゆうべの総菜がほとんど手つかずで残っていたので、片付けてしまわなければならないという事情もあったが、朝まで同じベッドにいたから、そうするのが自然な流れだった。

とはいえ、顔を洗って正気に戻ると、ひどく照れくさかった。セックスというのは、本当に恥ずかしいところをすべてさらけだす行為だと思った。もちろん、俊平よりも千早希のほうが、それを強く感じていただろう。なにしろ、「オメコ気持ちええ」と絶叫していたのだ。マグロと言っておきながら、朝までしっかり四回は絶頂に達した。

「無理して食べんでもええよ。残ってれば、うちがお昼に食べるし……」

うつむきがちで言う千早希は、食事がまるで喉を通らない様子で、先ほどからコーヒーばかり飲んでいる。

正直、俊平も似たような気分だったが、ふたり揃ってうつむいていては、別れが辛気《しんき》くさくなってしまう。

「いや、ありがたくいただきますよ。ここで食べていけば、一食分浮きますからね。なんなら、おみやげにしてもらいたいくらいで」

わざと明るく言ってみるものの、会話が途切れれば心に冷たい風が吹き抜けていく。

「なあ……」

千早希がせつなげに眉根を寄せて言った。

「どうしても、今日出発せなあかんの？」

「はい」

俊平はうなずいた。

「僕はまだ、旅の途中なので」

「あてなんかないくせに」

「まあ、そうですけど……」

　俊平は笑ったが、千早希はせつなげな表情のままだった。

「あてがないなら、もうちょっとここにおればええやん。店手伝ってくれたら、バイト代も出すし」

　そう言われるのではないか、と思っていた。しかし、俊平には丁寧《ていねい》に断ることしかできなかった。

　ゆうべはずいぶんと盛りあがってしまったけれど、それはセックスの話であって、恋愛感情ではない。明け方まで彼女に挑みかかり、残りのエネルギーを絞りだすようにして四度目の射精を果たしたあと、そう思った。

　千早希のことは嫌いではないが、彼女はただ淋しいだけなのだ。失恋して以来、意地を張り、誰にも甘えられなかったところに、ちょうどいい旅人が現われただけなのだ。

　それを恋や愛と錯覚してしまっては、道を誤る。いずれお互いのことをよく知るようになれば、こんなはずじゃなかったと思うようになるに違いない。そういう未来が予想されるのに、噂好きの人間の多いこの小さな町で、同棲《どうせい》など始めてしまえば、また彼女の心に傷をつけることになるだろう。

　食事を終えると、千早希は店の前まで送ってくれた。

「タコ焼き屋、続けるんですか？」

俊平は気になっていたことを訊ねた。かつての婚約者の結婚式に出席し、気持ちの整理がつけば、意地を張ってこの店を続けている意味もなくなる。

「やめへんよ」

千早希は即答した。

「うち、タコ焼きだけには自信あんねん。元カレに対するあてつけだけやのうて、本当に好っきやねん。こうなったらな、もう男なんてあてにせんで、日本一のタコ焼き屋目指すわ」

彼女らしい答えに笑みがもれる。

「大丈夫ですよ。千早希さんなら、すぐにいい人見つかりますから」

「そんなんええから」

千早希はニコリともせずに首を横に振った。

「あんたにうちのタコ焼き食べさせてやれへんかったのが心残りや」

「言われてみればそうですね……」

「つくったるから、食べていくか？」

「いえ……」

俊平は首を横に振った。

「そのうちまた、このへんに来たら寄らせてもらいますよ。そのときまでの楽しみにしておきます」

「……ほんまおいしいんやけどな。嘘やないで」

淋しげな横顔を向けてつぶやいた千早希に背を向け、駅に向かって歩きだすのは勇気が必要だった。

だが、歩きださなければならない。たしかに、彼女のタコ焼きを食べられなかったのは残念だ。しかし、食べてしまえばまた一日、旅立ちが延びてしまう――そう思ったからである。

第四章　温泉ラプソディ

1

長い廊下を雑巾《ぞうきん》掛けしながら進んでいく。

体育会系とは縁のなかった俊平は、雑巾掛けなんて初めてやったけれど、これがなかなかの重労働だった。とにかく廊下ばかりある建物なので、やってもやっても終わらない。次第に激しく息があがり、腰や膝《ひざ》が痛くなってくる。景色がいいのと空気がきれいなことが救いだが、座りこんで深呼吸していると、そのまま横になりたくなってしまう。

窓からは、てっぺんが赤く染まった山が見えた。紅葉が始まっているのだ。いずれ山間《やまあい》にあるこのあたりの木々も葉の色を変えて、紅葉狩りが楽しめるようになるだろう。

ここは岡山県の山間部にある温泉宿〈翡翠館《ひすいかん》〉。

俊平は一週間前から、この宿で臨時アルバイトとして働いていた。戦前に創業された歴史の古い宿らしく、破風造《はふづく》りの建物はレトロな雰囲気《ふんいき》で、とくに年配の客に人気が高いらしい。とはいえ、古い建物は見た目はよくても、掃除《そうじ》をするのが大変だ。すきま風が多く吹きこんでくるので、たった一日でどこもかしこも埃《ほこり》だらけになる。

……まずい。

向こうから若女将《わかおかみ》がやってきた。廊下に座りこんでいた俊平は、あわてて立ちあがった。

「ご苦労さまです！」

腰を折って頭をさげ、直立不動《ちょくりつふどう》で若女将を見送る。彼女のほうは、伏し目がちにチラリとこちらを見ただけで、言葉も返さず去っていく。ずいぶんと高慢《こうまん》な態度だが、それが板についている人だった。

名前は紗雪《さゆき》。年は三十代前半だろうか。いつも和服をきちんと着こなし、髪もきりりとしたまとめ髪にしている。歴史ある宿の若女将として相応《ふさわ》しくあるように、凛《りん》としたたたずまいを意識しているのだろう。それゆえ、高慢に振る舞われても、許してしまえるところがあった。

「おーい、俊平くん、調子はどうだい？」

今度は若旦那《だんな》がやってきた。紗雪の夫だが、こちらは打って変わって軽薄《けいはく》丸出しで、はっきり言って貫禄《かんろく》がない。年は紗雪より少し上。時代劇に出てくる二枚目のような男前なのだが、いつもだらしなく浴衣《ゆかた》を着て、ヘラヘラと笑っている優男《やさおとこ》だ。

「掃除が終わったら、ぶどう狩りにでも行こうじゃないか。地元の名産品だから、ぜひ食していただきたい。東京あたりのスーパーで売ってるのとは違って、ほっぺたが落ちるぜ」

「いっ、いやあ……」

俊平は苦笑まじりに頭を掻《か》いた。

「掃除が終わったらって……しばらく終わりませんよ」

ベテランの人になると昼前に終わってしまうらしいが、俊平は午後一時ごろまでたっぷりとかかる。それから遅い昼食をとって、客室の準備を整えなければならない。ぶどう狩りなんて行っている時間はないし、そんな暇があるくらいなら、少しでも体を休めたい。

とはいえ、このどこか浮き世離れした雰囲気の若旦那のことが、俊平は嫌いではなかった。

〈翡翠館〉で働くことになったのも、彼との出会いがあったからなのだ。

大阪を後にした俊平は、とくにあてもなく山陽道《さんようどう》を西に下っていった。

途中、電車の中で拾《ひろ》った週刊誌で温泉特集を見て、興味がわいた。温泉が好きだったわけではない。むしろ逆に、本格的な温泉地になど行ったことがなかったので、在来線とバスを乗り継いで訪ねてみる気になったのである。

ちょうど、秋の行楽《こうらく》シーズンだった。紅葉も見頃かもしれないし、それを眺めながらお湯に浸《つ》かるのは最高だろう。

その温泉地は特別有名ではないようだったが、山間の集落には時間がとまったような静かな雰囲気があり、ひと目で気に入った。いかにも「日本人のふるさと」という感じで、昔話に出てきそうなところだった。

「おにいちゃん、いいお湯かい？」

無料で利用できる足湯に浸かっていると、浴衣姿の優男に声をかけられた。それが若旦那だった。浴衣の裾をまくって足湯に入ってくると、

「ほらよ」

袖《そで》の袂《たもと》から温泉饅頭《まんじゆう》をふたつ出し、ひとつ渡してくれた。

「どうも……」

馴《な》れなれしさにたじろぎながら、一緒に饅頭にかぶりついた。それほど甘くなくて、おいしかった。

「おにいちゃん、どこから来たんだい？」

「東京からです」

「へえ、家族旅行？」

「いえ、ひとりで……」

「珍しいね。ここいらは年寄りばっかりなのに」

「そうなんですか？」

「客も年寄りなら、働いているのも高齢者。はっきり言って、たくあんみたいに皺《しわ》くちゃな、爺《じい》ちゃん婆《ばあ》ちゃんしか見かけないよ」

「建物も、年季が入った古式《こしき》ゆかしい感じが多いですよね」

「どこの宿に泊まってるんだい？」

「いや、それが……」

俊平は苦笑した。

「なんかその……どこも格式高そうで入りづらいっていうか……僕みたいなのが泊まるには、ちょっと……」

「べつに格式なんて高くないさ。ただ古いだけで」

「でも、まあ、立ち寄り湯にでも入って、明るいうちに引き返そうかと……」

予算がないわけではなかったが、十八歳の俊平に破風造りの温泉宿はミスマッチすぎた。秋の夜長を満喫《まんきつ》しながらのんびり温泉に浸かってみたい気はするけれど、よくよく考えてみれば、ひとりでは退屈《たいくつ》そうな気がした。

「そうか、わかったよ、おにいちゃんっ！」

バンッ、と背中を叩《たた》かれ、俊平は咳《せ》きこんだ。

「温泉宿に泊まりたくても、泊まるお金がないんだな。わかる、わかるよ。僕も若いころは貧乏旅行をよくしたものだが、温泉宿に泊まるなんて夢のまた夢、たいていは公園か無人駅で野宿だったもんさ」

「いや、べつに、野宿までは……」

「皆まで言うなってことだよ。僕に任せておけばいい。お金がなくても温泉宿に泊まれる方法を教えてやろう」

「……犯罪的なことじゃないでしょうね？」

俊平は眉をひそめた。

「違う、違う。バイトすればいいのさ。さっき言ったろ？　このあたりの温泉宿は、働いている人間も年寄りばかりだって。だから、おにいちゃんみたいな若い子は、いつだって大歓迎なんだよ。臨時雇《やと》いで一週間でも一カ月でも働いて、思う存分《ぞんぶん》温泉を満喫してから帰ればいい」

それが、〈翡翠館〉の若旦那との出会いだった。要するに、自分の宿で力仕事を頼める若い人材を必要としていたわけだが、俊平はしばらくお世話になってみることにした。急ぐ旅ではなかったし、お金を払って泊まるより、働かせてもらったほうが、楽しそうな気がしたからである。

2

そんなある日のこと——。

俊平はまかないの夕食を厨房《ちゅうぼう》で食べ、食器を洗って自分の部屋に戻った。まかないは残りもののようなものだが、宴会で出す食材を流用しているので、いつ食べても豪華かつ美味だった。

長い廊下を歩いて向かう先は、四畳半の部屋だ。客室ではないので質素《しっそ》だが、朝は鳥の鳴き声で眼を覚まし、夜は裏の渓流から聞こえてくる川音を子守歌に眠れるから、こちらも大変に居心地《いごこち》がいい。

最初は一週間くらいで出ていくつもりだったが、一カ月くらいに延長してもいいかもしれないと思いはじめていた。山に囲まれた自然の中で暮らしていると、世俗《せぞく》の垢《あか》が落とされるというか、心がきれいになっていく実感があった。それにやはり、なんと言っても古式ゆかしい日本家屋だ。百年近く前に建てられた宿の中にいると、ここでくつろいだ旅人たちの笑い声が、こだまになって聞こえてくるような気がした。毎日の雑巾掛けは重労働でも、その懐《なつ》かしい感じに心を奪われていた。

「……うわっ」

自室の襖《ふすま》を開けると、人がいたのでびっくりした。

若旦那である。

口の前に人差し指を立て、「しーっ」と言う。

「どうしたんですか？」

声をひそめて訊《たず》ねると、

「いやね、ちょっと話があったもんでさ」

若旦那は妙に神妙《しんみよう》な顔で言い、座布団《ざぶとん》を叩いて座るようにうながしてきた。いつものように浴衣姿だが、表情はいつになく深刻そうだ。

「なんですか？　話って……」

俊平が座布団の上で正座すると、若旦那は腕組みをしてうーんと唸り、

「本当はシラフでする話じゃないんだよ。一杯飲みながらじゃないと言えないような話なんだがね……」

上目遣いで俊平のことをじっと見た。

「俊平くん、まだ未成年だもんな。経営者として、コンプライアンスってもんがあるわけで……」

「僕は飲みませんけど、若旦那は飲んでもらってかまいませんよ」

「……そうかい？」

若旦那はニッと笑って、袖の袂からウイスキーの小瓶《こびん》を取りだした。ドラえもんのポケットかよ、と俊平は内心で突っこんだ。若旦那は気にする素振《そぶ》りもなく、キャップを開けてクイッと呷《あお》る。

「くううっ、効くね」

「それで話っていうのは……」

「そう急《せ》かすない。まだひと口飲んだだけじゃないの」

若旦那はもうひと口飲むと、ふーっと息を吐きだした。

「俊平くんは、もう女を知ってるの？」

「えっ？」

「女だよ。セックスしたことくらいあるよな、もう」

「それは……まあ……いちおう……」

俊平がうなずくと、若旦那は「ふふんっ」と意味ありげに笑った。

「いいもんだよね、セックスは。あんなに素直に、生まれてきてよかったー、と思えることって、他にはないものな」

「……そうですね」

「何人くらい経験したんだい？」

「……三人……くらい」

「その若さで三人？　あちゃーっ、そりゃまたお見それしちまったな。可愛《かわい》い顔して、意外に発展家だったんだね」

「……たまたまです」

「じゃあ、そんな俊平くんを見込んで、ひとつお願いさせてくれ。なーに、難しい話じゃない。簡単なことなんだ」

俊平は息を呑んだ。軽薄な言葉遣いとは裏腹に、ややこしい頼み事をされそうな気がしてしようがなかった。

「うちの嫁《よめ》を抱いてくれないか？」

「はっ?」

俊平はキョトンとした。

「うちの嫁って……若女将ですか?」

「他に誰がいる」

「抱くって……セックス?」

「ハグしてどうする」

「いっ、いやあ……」

紗雪の顔が頭に浮かんだ。キッと睨《にら》まれた気がした。

「わざわざ僕の部屋まで来てなにを言いだすかと思えば……若旦那、今日はいつにも増して冗談がきついですね」

「冗談じゃないんだ」

若旦那は真顔で身を乗りだしてきた。

「大変に言いづらい話ではあるんだが……僕はもう、男じゃなくてね……」

「へっ?」

「勃たないんだよ!」

突然怒鳴《どな》られ、俊平は言葉を返せなくなった。

「となると……もうわかるだろう、僕の言いたいことが。夫がEDになっちまった嫁が、不憫《ふびん》でしかたないんだよ。紗雪はまだ三十一歳、いまが女盛りだっていうのに、ひとり寝の淋《さび》しい夜を押しつけられて……」

若旦那は浴衣の袖で涙を拭《ぬぐ》うふりをした。涙なんか出ていなかったが、勃たなくなった男の悲哀《ひあい》が、じんわりと伝わってきた。ふざけたふりでもしなければやってられない、というような。

もしかすると……そういう状況のせいで、紗雪はいつもツンツンしているのかもしれないと思った。若女将の威厳《いげん》を保つためにそうしているのではなく、欲求不満が苛立《いらだ》ちを誘い……。

「わかってくれるね！」

若旦那に手を握られ、俊平は飛びあがりそうになった。

「俊平くんなら、若くて精力もあふれてるだろうし、この役まわりに最適だ。僕の眼から見ても、キミなら許せる気がするんだよ」

「むっ、無理ですよ……」

EDには心から同情するが、それとこれとは別問題だ。

「無理に決まってるじゃないですか、人の奥さんを抱くなんて……」

俊平は後退《あとずさ》ったが、そうすると若旦那は迫ってくる。

「普通なら、たしかにそうだ。しかし、物事には例外というものがある。人妻に手を出しちゃいけないのは、浮気がバレると夫が怒るからだ。だがいまは、その夫が直々《じきじき》に抱いてくれと頭をさげてるわけじゃないか。問題はなにもない。わかってくれるね?」

「そっ、そんなことを言われても……」

俊平は若旦那の手を振りほどき、

「とにかく、無理なものは無理です!」

叫ぶように言って、部屋を飛びだした。

気に入っていた〈翡翠館〉の居心地が、にわかに悪くなった。

若旦那は諦《あきら》めるつもりがないようで、翌日になっても顔を合わせるたびに近づいてきて、

「考え直してくれないか?」

と耳打ちしてくる。

俊平はもちろん、即座に断って頭をさげたが、若旦那はかなりしつこかった。いつもはヘラヘラしているくせに、この件に関してだけは蛇《へび》のような執念《しゅうねん》深さを感じさせた。

深夜、宿泊客が寝静まったのを見計らい、露天風呂に入りにいくと、どこからともなく若旦那が現われ、一緒に入ることになった。

「やあ、偶然だね」

などととぼけていたが、見張っていたに決まっている。しかも、素っ裸になった俊平の股間をジロジロ見ては、ニヤリと笑ったりする。勘弁してくれと冷たい眼で睨んでも、若旦那に反省の色はない。

肩を並べて湯に浸かれば浸かったで、

「紗雪はああ見えて、とんでもなくスケベな女なんだよ」

声をひそめてささやいてきた。

「それもただのスケベじゃない、ドスケベだ。言ってみれば、淫乱みたいなものさ。おまけに、ちょっと変態っぽいところもあって……」

「やめてもらえますか！」

俊平は尖《とが》った声で遮《さえぎ》った。

「いくら若旦那に頭をさげられたって、僕は絶対、若女将とそんなことはしませんよ。いやらしい話もノーサンキューです。明日から、若女将の顔をまともに見られなくなります」

「そうかな？　かえってまじまじと見たくなると思うけどね」

「僕はこの宿が気に入ってるんです」

「わかるよ。僕たちも俊平くんを気に入っている。キミのおかげで、年配の従業員たちの力仕事が減って、大助かりだ」

「だったら……」

「いいじゃないかべつに、話を聞くくらい。温泉っていうのは大人《おとな》の社交場なんだからね、ちょっとばかりアダルトな会話を楽しむのも所作《しょさ》のうちさ」

「お願いですから、若女将の話は……」

俊平は泣きそうな顔で哀願《あいがん》したが、聞き入れてはもらえなかった。

「紗雪がどんな変態かっていうとね……ふふふっ、ドMなんだ。どうだ、びっくりしただろう？　それとも、よくある話と思ったかな。いつもツンツンしてる女が、裸に剝《む》いたらマゾになるなんて、AVとかによくあるものね。でもね、うちの嫁の場合はガチだよ。シュートでセメントだよ。俊平くん、うちの嫁と眼を合わせて話をしたことがあるかい？　ないだろ？　そういう女なんだ。自分が才色兼備《さいしょくけんび》なことをよーくわかってて、高嶺《たかね》の花でいることが当然と思っている……だが、それは昼の彼女さ。夜になれば、青い空が真っ黒に塗り潰されるように、豹変《ひょうへん》するわけだ。彼女はもともと京都の旅行会社に勤めていてね。なかなか優秀なキャリアウーマンだったらしいけど、プライヴェートでも旅行を趣味にしていた。まあ、通《つう》好みを気取りたかったんだろうね、雑誌に載っているような有名観光地には眼もくれず、うちみたいな渋い宿に足繁く通ってくるわけさ。それでそのうち、僕と恋仲になったんだが……最初のデートは京都だった。僕のほうも彼女に夢中だったから、熱い気持ちを示すために、わざわざ京都まで行ったわけだよ。桜の季節だったな。彼女も桜色の袷《あわせ》を着て現われた。和装が趣味で、給料のほとんどを呉服屋さんに払ってるなんて恥ずかしそうに言っていたが、僕はまともに聞いちゃいなかった。彼女の和服姿を見たのはそのときが初めてだったから、あまりの美しさに見とれてしまってね。美しいだけじゃなくて、色っぽかった。見た瞬間に、京都御所のしだれ桜も、哲学の道の桜並木もどうでもよくなって、泊まっていたホテルに連れこんだよ。知りあってから、三カ月くらい経《た》っていたかな……お互いの好意を認めるようになっても、遠距離恋愛だから、普段はメールでやりとりするくらいしかできない。僕だってそのころはしっかりと男だったからね、ホテルのエレベーターに乗ったあたりで痛いくらいに勃起しちゃってさ。で、部屋に入るなり、もう辛抱《しんぼう》たまらんって感じで抱きしめたら……彼女はどうしたと思う？わたしももう我慢できませんでした、みたいな顔でいきなりしゃがみこんでフェラチオをしてきたんだ。いやあ、びっくりしたね。ツンと澄ましたあの顔でだよ？　京都の桜が一瞬にして霞《かす》んでしまうくらい、和服を雅《みやび》に着こなしているのに、いきなり仁王立《におうだ》ちフェラなんだから驚くよな？　だが僕は、驚くと同時にピンときたよ。彼女がいわゆる『即尺』を決めてきたのには、なにか謎《なぞ》かけがあるんじゃないかってね。勃起しきった僕のチンポを熱烈に舐《な》めしゃぶりながら、彼女は僕にメッセージを送ってきていたわけだ。わたしの本性《ほんしょう》に気づいてくださいと……スケベなんだな、というのはわかった。だが、ただのスケベではないとも思った。僕は試されていたわけだ。彼女の本性を探るために、ひとまず僕がしたことは……彼女の頭をつかんで腰を使うことだった。お上品な唇《くちびる》をアルファベットのOの字になるくらいひろげてやって、チンポの先が喉《のど》にあたるくらいまで、ぐいぐいピストン運動を送りこんでやったよ。彼女は鼻奥でうめいた。眼尻《めじり》に涙も浮かべていた。息ができなくて苦しいから、両手で僕のお尻を叩いたりもした。もし僕の勘がはずれていれば、彼女とはそれきりになっただろう。だが、ひとしきり口唇を犯《おか》してからチンポを抜いてやると、うっとりした眼で見つめてきたんだ。唾液《だえき》で濡れた唇をわなわなと震わせながら、ひどい、と言った。でもあきらかに彼女は、ひどいことをされて感じていた。僕は腕を取って立ちあがらせ、ベッドに両手をつかせた。乱暴に着物の裾をめくった瞬間、ふふっ、卑猥《ひわい》な笑みをこぼしたね。紗雪は着物の下にパンティを穿《は》くような無粋《ぶすい》な女じゃなかったのさ。着物における下着っていうのは腰巻きだから、いくら響かないパンティが開発されても、そんなものを穿いていたら台無しだ。彼女は穿いていなかった。つまり、いきなり白いお尻が丸出しになったわけだよ。彼女は羞《は》じらいにあえいだが、逃げだしたりしなかった。やめてとも言わなかった。僕はまたしてもピンときた。惚《ほ》れぼれするくらい白くて豊満な彼女のお尻を、平手で叩いてやった。パチーンとすごい音がしてね。僕は女に手をあげるタイプではないし、ＳＭの経験もなかったから、加減がわからなかったのさ。でも、彼女のお尻を見ていると、どうにも叩かれたがっているような気がしてしょうがなかったから……我を忘れて叩いたよ。パチーン、パチーン、と音をたてて、そのたびに彼女は悲鳴《ひめい》をあげるんだけど、その声音《こわね》がだんだん色っぽくなってきて……陶酔《とうすい》っていうのは、ああいうことを言うんだろうな。真っ白いお尻に手の痕《あと》が赤くついて、それがどんどんひろがっていくのを見て、僕は生まれて初めてアブノーマルなセックスに熱狂した。紗雪も欲情しきっていた。叩けば叩くほど彼女は濡らした。内腿《うちもも》までたっぷりしたった蜜が、獣《けもの》じみた匂いをむんむんと放って……」

俊平は茹《ゆ》でガエルにでもなった気分だった。いまにものぼせてしまいそうだったが、立ちあがることができなかった。紗雪が和服の裾をめくられ、白い尻を叩かれているところを想像して、勃起してしまったからだった。

3

「おはようございますっ！」

廊下を雑巾掛けしていた俊平は、若女将がやってきたことに気づき、すかさず立ちあがって深々と頭をさげた。

若女将は相変《あいか》わらず言葉を返さず、こちらを一瞥《いちべつ》しただけで去っていったが、その後ろ姿を見送る俊平の胸には、いつもとは違うざわめきが起きた。

若女将はいつも通りの和服姿で、今日は銀鼠《ぎんねず》の紬《つむぎ》に黒い帯だった。美人でツンツンの彼女がそんな着物を着ていると、極道《ごくどう》の妻のような迫力があるが、その正体はドMだという。涙が出るほどの強引なフェラチオでうっとりし、尻が真《ま》っ赤《か》になるほど叩かれて内腿まで濡らすという……。

若旦那の話はそれだけで終わりではなかった。

「僕はよく、彼女に犬の真似《まね》をさせていたものさ。四つん這《ば》いにさせて、部屋中を這いまわらせるんだ。その格好も見ものなんだが、尻尾《しっぽ》を振れ！　と命じれば、一生懸命お尻を振る。だがもちろん、人間なんだから尻尾なんかないよねえ。だが、工夫《くふう》次第で尻尾もどきはこしらえられる。ぶっといヴァイブを入れてやるんだ。だが、ヴァイブってやつは、押さえてないと抜けてしまうし、ましてやお尻なんか振ったらすぐに落ちるから……もっとオマンコ締めろ！　なんて延々《えんえん》といじめてね。ヴァイブを落とすたびにユルマンだのなんだの罵《ののし》られるから、彼女はいまにも泣きそうな顔になって、実際に涙を流すこともある。そんな状況でフェラをさせるのがまた、たまらないんだよなあ……」

あの若女将に犬の真似をさせているなんて、さすがに若旦那を尊敬してしまった。ちょっとだけ、自分でもやってみたいと思ってしまった。だがもちろん、すぐにスケベ心を叱《しか》りつけた。

ＥＤになってセックスができないという若旦那には心から同情するけれど、俊平はどうしても紗雪を抱く気にはなれなかった。その本性がドＭだと知らされても、威厳があって怖すぎるのだ。

いままで体を重ねてきた女たちも、みな年上だったけれど、紗雪が放っている威圧《いあつ》感はものが違う。服を脱がせばドＭに豹変するのかもしれないが、その前段階、脱がそうという勇気が出てこないのである。

「こんなに言ってもダメなんじゃ、諦めるしかないみたいだな」

若旦那は深い溜息をついた。

「いや、もう……本当に申し訳ないですが、それだけは勘弁してください」

俊平は何度も頭をさげて風呂からあがり、数日のうちに〈翡翠館〉を出ていこうと決めた。あまりの気まずさに、すぐにでも消えてしまいたかったが、さすがにそこまでの不義理は働けない。

正午過ぎ、宿内の掃除をひと通り終えると、帳場に向かった。若旦那には言いづらいので、番頭にやめることを伝えようと思った。

「失礼します」

襖を開けると、幸運なことに彼ひとりしかいなかった。番頭の田中《たなか》は五十前後。映画の悪役のような強面《こわもて》だが、心根のやさしい人で、俊平はいつも気を遣ってもらっている。笑うと糸のように細くなる眼に愛嬌《あいきょう》があり、軽薄丸出しの若旦那とは違って、いかにも器《うつわ》が大きそうだ。

しかし、俊平が出ていくことを告《つ》げると、

「それは私に言われてもねえ」

ひどく困った顔をされてしまった。

「俊平くんをここに連れてきたのは若旦那なんだから、やっぱり若旦那にまず話をするのが筋なんじゃないかな」

「……おっしゃる通りです」

俊平は肩を落としてうなだれた。話の筋はそうなのだが、若旦那には言いづらいから番頭を頼ったのに……。

「いま組合の会合に出てて、戻ってくるのは夜になるけど、私が段取りつけるから、ふたりで話してごらんよ。まあ、残念がるだろうけど……」

「すいません、本当に……」

俊平はすごすごと帳場から退散した。

田中が困った顔をするのも当然だった。二日前まで、俊平はしばらくこの宿でお世話になろうと思っていたし、そういう態度で働いていたのだ。田中にしろ、他の従業員にしろ、俊平のことをあてにしていたはずなので、急にいなくなればみんなの負担が増してしまう。いままでよくしてもらっていただけに、罪悪感がこみあげてくるが……。

どう考えても、自分だけが悪いとは思えなかった。

若旦那がよけいなことさえ言ってこなければ、ひと月くらいは肉体を酷使《こくし》して働こうと思っていたのだ。

うちの嫁を抱いてくれなどという話、どだい無理な相談なのである。

一期一会《いちごいちえ》ならともかく、職場の若女将である。抱いたら最後、顔を合わせづらくなるに決まっているではないか。

だが、俊平がいなくなれば、若旦那はまた、足湯に浸かっている若者をピックアップし、宿で餌付《えづ》けして同じような誘いをするかもしれない。第二の被害者が出る前に、はっきり言ってやったほうがいいのかもしれなかった。いまはEDによく効く薬もあるというし、無茶なことを考えてないで、医者に相談してみたらどうかと……。

夜になった。

俊平は落ち着かない気分で自室にいた。組合の会合に行っているという若旦那とは、まだ話ができていなかった。姿を見ていないから、会合のあと飲みにでも行ったのだろう。時刻はもう午前零時に近かった。嫌なことが先延ばしになるのは憂鬱《ゆううつ》だったが、もう寝るしかないかと布団を敷きはじめた。

「俊平くん」

廊下から田中の声がして、襖が開けられた。

「若旦那が、部屋に来てくれって」

「いまからですか？」

「こういう話は、なるべく早くしたほうがいいと思ってね。ちょっと疲れてるみたいだけど、無理に頼んだんだ」

田中にうながされ、若旦那の部屋に向かった。

入ったことはないが、一階のいちばん奥にある部屋が、夫婦のプライヴェートルームであることは知っていた。だが、こんな遅い時間なら、若女将も部屋にいるのではないだろうか。彼女がいたらED云々《うんぬん》の話はできないが、それはまた、明日の別れ際にでもすればいいか……。

「失礼します」

木製のドアをノックしたが、反応がなかった。

「失礼しまーす！」

声を張りつつ、ノブをまわしてドアを開けた。控えの間のようなスペースがあり、奥に襖が見える。

「すいませーん、若旦那いらっしゃいますかー」

反応がなかったので、襖を開けた。ちゃぶ台の置かれた居間になっていたが、やはり若旦那の姿はない。

トイレにでも行っているのだろうか？

所在《しょざい》なく立っていると、さらに奥にある襖が少しだけ開いた。俊平はビクンとし、もう少しで悲鳴をあげてしまうところだった。

「どうしたの？　幽霊でも見たような顔をして」

紗雪だった。だがしかし、俊平はまさに幽霊でも出たのかと思って、驚いてしまったのだった。

いつもまとめている長い黒髪をおろし、白地に菖蒲《あやめ》の柄《がら》が入った浴衣を着ていた。糊《のり》のきいた外出用のものではなく、あきらかに寝巻きだった。その証拠に、細い平帯を前で結んでいる。

「すっ、すいませんっ……番頭さんに若旦那が呼んでいると聞いたものですから……いらっしゃらないなら、出直します」

紗雪が口許に笑みを浮かべながら手招きする。首をかしげながら近づいていくと、腕を取られ、部屋に引きこまれた。パシッと音をたてて、襖まで閉められてしまう。

行灯《あんどん》ふうのスタンドがぼんやりと照っている中、キングサイズの布団が敷かれていた。寝室である。それも安眠をむさぼる平和的なムードはなく、夫婦の営《いとな》みが繰りひろげられている場所という淫靡《いんび》な匂いがした。そんなところで、寝巻き姿の若女将とふたりきりになっていいはずがない。

あわてて出ていこうとしたが、

「逃げなくてもいいでしょ」

紗雪はぞくぞくするようなウィスパーボイスでささやいた。

「夫なら、帰ってきてすぐにまた出ていったから、たぶん朝まで戻らないわね。町まで出て、スナックで飲んでるのよ」

「マッ、マジすか？」

人を呼びつけておいて外に出るとは、これはなにかの罠《わな》なのか？

「そんな嘘《うそ》ついてもしょうがないでしょう？　ひとりでちょっと退屈してたの。お酒でも飲まない？」

「ぼぼぼ僕は未成年なので……」

「そう……じゃあひとりで飲むけど……」

茶簞笥からブランデーのボトルとグラスを出し、布団の上に横座りになってそれを飲みはじめた。

「あなたも座れば？」

「いっ、いや、その……お酒を飲むなら、居間のほうに……」

「わたしはここで飲みたいの！」

びしゃりと言われ、俊平は言葉を返せなくなった。考えてみれば、紗雪とまともに言葉を交《か》わすのは初めてだった。無言で睨まれるだけでも怖いのに、声を尖らせられると震えあがってしまう。

「そんなに怯《おび》えた顔しなくていいじゃない？」

紗雪はクスクスと笑い、ブランデーを飲む。熟成された葡萄《ぶどう》の芳醇《ほうじゅん》な香りが、畳の上に腰をおろした俊平の鼻先まで漂《ただよ》ってくる。

「わたしね、あなたにちょっと興味があったのよ」

笑いながら紗雪は言った。薄暗いのでよくわからないが、なんとなく眼だけは笑っていないような気がした。

「だって、このあたりはお年寄りしかいないでしょう。あなたを除《のぞ》けば、この旅館の中でわたしが最年少なんだから。板さんも仲居さんも、みーんなわたしよりずっと年上。だから、若い男の子ってだけで、なんだか気になってしようがない感じ」

そのわりにはいままでひと言も口をきいてくれなかったじゃないか、と思ったが、もちろんなにも言えなかった。

そんなことより、息が苦しくてしかたがない。長い黒髪をおろし、寝巻き姿の紗雪が、眼も眩《くら》むほど色っぽいからだった。

普段見る和服姿でまとめ髪の彼女も、美人と言えば美人だった。凜々《りり》しくて、高慢さが板についているほど威厳がある。

だが、いまのような色気はあまり感じない。当たり前だ。ここはレトロな破風造りの建物と、野趣《やしゅ》あふれる露天風呂が売り物の、風流な温泉宿なのである。若女将が色気を振りまく必要などない。

だが……。

いま目の前にいる紗雪は、まるで別人のようだった。ブランデーを飲んではクスクス笑い、けれども時折《ときおり》、ふっと淋しげな横顔になるのがたまらない。

彼女はサレ妻ではなかった。

夫がEDなので、無理やりこじつけて言えば、サレていない妻なのだ。

だが、サレ妻とよく似た色気を感じてしまう。

欲求不満、だからだろうか。

サレ妻も、サレてない妻も、性生活が満たされていないという点は、共通しているから……。

4

自分が酔ってきているのを、俊平は感じていた。

酒などひと口も飲んでいなかったが、紗雪がしゃべらなくなってしまったせいだろう。四畳半ほどの狭い寝室で寝巻き姿の美女とふたりきり――そんな状況で沈黙が続けば、平常心ではいられなくなってくる。

ブランデーの香りが、酩酊《めいてい》感に拍車をかけた。ブランデーとは違う匂いも混じっていた。紗雪の体臭か、それともシャンプーの残り香か、とにかく理性を揺るがすような匂いだ。

「退屈ね」

不意に紗雪が口を開いた。

「ゲームでもしない？」

「いっ、いいですけど……」

黙っていられるより、そのほうがずっとマシだ。

「お互いに、ひとつずつクイズを出すの。で、当たったら、相手の言うことを、なんでもきかなきゃいけない……」

「いいでしょう！」

俊平は被《かぶ》せ気味にうなずいた。ゲームでもクイズでも、とにかく勝てば言うことをきいてもらえる。つまり、ここから出ていくことができるわけだ。

「じゃあ、わたしからクイズを出してもいい？」

「どうぞ」

「わたしはいま、何枚着ているでしょう？」

俊平は心の中でガッツポーズをつくった。露天風呂で延々と聞かされた若旦那のスケベ話の中に、その答えはあった。

「一枚です」

自信満々に答えたが、

「ブー」

紗雪はキャッキャとはしゃぎながら言った。

「残念でした。正解は二枚」

「うっ、嘘だ……」

俊平はこわばった顔を左右に振った。

「若女将は、浴衣の下にパンティを穿くような無粋な女じゃないでしょう?」

「そうね……それは穿いてないわね」

紗雪は涼《すず》しい顔で答えた。

「だから浴衣でしょ、それから帯でしょ……二枚じゃない」

ずるいっ! と叫びそうになったが、俊平はぐっとこらえた。帯を衣服の一枚と数えることには違和感があるが、言われてみればたしかに、浴衣一枚ではないような気も……。

「それじゃあ、次はあなたの番。わたしが当てたらわたしの勝ちよ」

「若女将が間違った場合は……」

「わたしがまたクイズを出すの」

「……わかりました」

俊平は眼を泳がせ、思案《しあん》を巡らせた。いささか卑怯《ひきょう》なやり方だが、こういう場合、自分のさじ加減で答えをコントロールできるクイズにするのがセオリーだ。卑怯者の誹《そし》りを受けても、一刻も早くここから逃げだしたい……。

「僕が童貞を失ったのはいつでしょう?」

「つい最近」

すぐさま言い当てられ、俊平は卒倒しそうになった。

「そうね……この一カ月以内の話じゃないかしら？　違う？」

俊平は眼を見開いて紗雪を見た。なぜわかったのだろう？　若旦那をはじめ、この宿の人間にそんな秘密をもらしたりしていない。

とはいえ、落ちこむ必要はなにもなかった。こういうときのために、出題に工夫を凝らしたのだ。そんなもの、あれは去年のことでしたと言い張れば、紗雪にはそれ以上追及のしようがない。

「どうなの？　正解なの？　不正解なの？」

「……正解です」

俊平はがっくりと肩を落としてうなだれた。この部屋から一刻も早く逃げだしたいのに、どうしても嘘をつくことができなかった。嘘をつくのは、これほどまでに苦痛なものなのかと思い知らされた。

「どうしてわかったんですか……つい最近だって……」

「そんなことより、わたしが勝ったんだから、服を一枚脱ぎなさい」

「えっ……」

俊平は泣き笑いのような顔になった。

「冗談ですよね？」

「ハンデをあげてるでしょ。あなたはTシャツとズボンと、それからパンツよね。全部で三枚あるけど、わたしは二枚だもん」

いやいやいや、こっちは勝っても服を脱げなんて言いませんよ、と思ったが、いまさら言い訳してもどうにもならないようだった。

Tシャツを脱いだ。

「じゃあ、次のクイズ。あなたの真似をしようかな。わたしが処女を失ったのはいつでしょう?」

「……十五歳」

「ブー、そんなに早いわけないでしょ。結婚するまで処女でした」

絶対に嘘だ、と思った。その証拠に、紗雪の眼は笑っていた。つまり彼女は、勝負のためなら平気で嘘がつける女なのだ。対するこちらは嘘をつけないのだから、敗色濃厚の展開である。

「……僕の好きな食べ物は?」

「焼鳥」

俊平は泣きたくなった。またもや一発で当てられたことより、誤魔化《ごまか》せない自分に腹がたつ。ラーメンとか牛丼とかあんころ餅《もち》とか、なんでもいいから焼鳥以外の好物を言えばいいだけなのに、どうしてもそれができない。

「……脱げばいいんですね」

立ちあがってズボンを脱いだ。

「あらやだ」

紗雪が眼を丸くする。

「いまどき真っ白いブリーフなんて……可愛いわね」

俊平は顔から火が出そうになった。「可愛いわね」のイントネーションが「ダサいわね」だったからだ。

白いブリーフは、優作の影響だった。色柄もんの下着を着けてるやつは、仕事に命を賭けていない――駆けだし時代に言い含められ、一緒に銭湯に行く都合上、白い下着しか着けられなかったのである。

「でもなんか、大きくなってない？」

紗雪が悪戯《いたずら》っぽく笑いながら、股間をのぞきこんでくる。

「なってません」

俊平は情けない中腰になり、紗雪に背を向けた。すると紗雪は立ちあがり、しつこく股間をのぞきこんでくる。

「少しは大きくなってるでしょ？　いいのよべつに。むしろ、こんな状況で無反応のほうが、わたし傷つくかも」

紗雪の顔は、いつの間にか生々しいピンク色に染まっていた。けっこうなピッチでブランデーを飲んでいたので、酔いがまわってきているのだろう。そうでなければ、こんな戯《ざ》れ言《ごと》にうつつを抜かすわけがない。

「それじゃあクイズの続きね」

まだやるのかよ、とパンツ一枚の俊平は震えあがった。

「わたしはいままで、何人の男の人を好きになったことがあるでしょう？　もちろんプラトニックよ。結婚するまで処女だったんだから」

「……五人」

「ブー、四人でした。残念ね」

そんな答え、完全に紗雪のさじ加減ひとつだった。だいたい、若旦那によればドMでド淫乱の彼女が、そんなに経験値が低いわけがない。なにもかも、嘘ばっかりだ。

「さあ、今度はあなたの番よ。難しい問題を出さないと、パンツまで脱がされちゃうからね」

俊平は心を鬼にすることにした。嘘をつくのがつらいなんて、子供じみた考えは捨てるのだ。清濁併《せいだくあわ》せのんでこそ大人の男だった。紗雪は完全に酔っ払っている。卑怯な手でもなんでも使って、早くこの場から逃げださないと大変なことになりそうだ。

「ぼっ、僕はいま……」

大きく息を吸い、吐いた。

「僕はいまこの瞬間、若女将のことを……抱きたいと思っているでしょうか、思ってないでしょうか？」

重苦しい沈黙が訪れ、視線と視線がぶつかりあう。

紗雪はしばらく唇を引き結んでいたが、唐突《とうとつ》にニッと笑った。

「思ってない」

俊平は凍りついたように固まった。いい女気取りな彼女のことだ。てっきり「思っている」と答えるものだとばかり予想していた。そうしたら、全力で「ブー」と言ってやるつもりだったのに……。

いや、そんなことは小さな問題だった。いまの答えを正解にしてしまえば、俊平はパンツを脱がなければならないのだ。とはいえ、「思っている」が正解となれば、抱かせてくれと言っているのも同然になる。これはまさしく王手飛車取り、どちらに転んでもダメージは計り知れない。

「さあ、どっち！　どっち！」

紗雪が手を叩いてはしゃぐ。飛び跳《は》ねて体を揺するので、そもそもゆったりと着ていた浴衣の襟《えり》が開き、乳房の上半分が見えてくる。ぷにぷにと柔らかそうで、少し汗ばんだ素肌が抜けるように白い……。

「ほら、早く答えて……どっち！　どっち！」

「ちっ……畜生ーっ！」

俊平は立ちあがって白いブリーフを脱ぎ捨てた。抱きたいと思っているなどと認めるくらいなら、恥をかいたほうがマシだった。飛車を取られても、王は守るのだ。

しかし……。

「どういうこと？」

紗雪が急に険《けわ》しい表情になった。

「抱きたいと思ってない、って姿じゃないわね、あなたの大事なところ」

「ううう……」

俊平はあわてて股間を隠したが、もう遅かった。勃起しているところを、しっかりと見られてしまった。

「どういうことなのよ？」

「……ごめんなさい」

「謝ったってことは、嘘をついたの？」

「ううう……ううう……」

俊平はもはや、股間を隠して力なくうめくばかりだった。たしかにこちらの言動は、矛《む》盾《じゅん》に満ちていた。抱きたくないと言いながら、ペニスを思いきり反《そ》り返しているのだから……。

「ちょっと手、貸して」

紗雪が俊平の手をつかむと、後ろ手に縛《しば》ってきた。自分の帯を使って……。

「なっ、なにをっ……」

「ペナルティでしょ、嘘ついた」

「いや、でも……そんな……あああっ！」

燃えるように熱くなった顔をくしゃくしゃに歪《ゆが》めている俊平はもう、勃起したペニスを隠すことができなかった。釣りあげられたばかりの魚のようにビクビクと跳ねているのが、恥ずかしくてしかたなかった。

5

「嘘をついたことを認める？」

紗雪の指が、頬をつねってきた。痛くはなかった。紗雪の指は白くて細長く、ひんやりと冷たくて、気持ちがよかったくらいだ。

とはいえ、状況は最悪だった。なぜこんなことになってしまったのか、いまさら考えてみたところでどうしようもない。夫がＥＤでセックスレスなら、紗雪は欲求不満が溜まっているはずで、このまま爛《ただ》れた情事にもちこもうとしているのかもしれない。

しかし……。

聞いていた話とずいぶん違った。紗雪はドＭのド変態で、尻を叩かれて濡らしてしまう女だと若旦那は言っていたのに、これではまるで正反対のドＳ……。

「どうなのよ？」

「くううっ！」

頬に続いて、乳首をひねりあげられた。俊平はさすがに声をもらしてしまった。しかし、この先の展開を考えると、乳首の刺激などどうでもよくなるくらいに心臓が縮みあがっていく。頬、乳首ときたら、その次は……。

「黙ってないでなんとか言いなさい！」

女らしい細指でペニスの裏筋をコチョコチョとくすぐられ、

「あううっ！」

俊平は情けない声をもらして腰を引いた。すると紗雪はペニスをぎゅっと握りしめ、胸ぐらをつかんで引き寄せるように、俊平の腰を自分のほうに近づけた。

「あああっ……ゆっ、許してっ……許してくださいっ……」

「許してじゃなくて、嘘をついたのかどうか訊いているの」

紗雪は帯を巻いていなかった。それで俊平を後ろ手に縛っているからだ。白い浴衣はだらしなく前が開き、いまにも乳房や恥毛が見えてしまいそうだ。

「抱きたいなら抱きたいって、はっきり言えばいいでしょ？　それがなによ、抱きたくないなんて言っておきながら、オチンチンこんなに硬くして」

したたかにしごかれ、

「おおおおーっ！」

俊平は声をあげて身をよじった。男というのは哀しい生き物だと思った。抱きたいわけではないのに、色っぽい女が目の前にいれば勃起してしまう。しごかれればみなぎりを増し、先端から熱い我慢汁を漏《も》らしてしまう。あっという間に包皮の間に流れこむほど噴きこぼし、ニチャニチャと恥ずかしい音がたちはじめる。

「やめてっ……やめてくださいっ……」

情けなく裏返った声で哀願しても、紗雪はやめてくれなかった。それどころか、ストロークに緩急《かんきゅう》をつけ、握り方には強弱をつけて、より複雑な快感で俊平を翻弄《ほんろう》してきた。

俊平は顔を真っ赤にして、身をよじることしかできなかった。あまりのみじめさに泣きたくなったが、快感が高まってくると、なにもかもどうでもよくなってきた。

紗雪の浴衣は前が完全に開き、白い乳房が見えていた。普段は和装だから気づかなかったが、かなりの巨乳だった。堂々と前に迫《せ》りだし、たっぷりした裾野には箸《はし》でも挟めそうだったが、にもかかわらず乳首はツンと上を向いている。まるでハリウッド女優のようなおっぱいに、視線を釘《くぎ》づけにされてしまう。

それを見せながら、紗雪はペニスをしごきつづけた。

俊平は次第に我慢できなくなってきた。紗雪は手コキが異常にうまかった。ただしごくだけではなく、裏筋をくすぐったり、我慢汁でヌルヌルになった亀頭を撫《な》でまわしたりして、しかも小休止をしない。気がつけば腰の裏側がざわめきだし、ペニスの芯《しん》が甘く疼《うず》いていた。

「でっ、出ちゃいますっ……そんなにしたらっ……でっ、出るっ……」

両膝をガクガクと震わせながら言うと、

「なんですって！」

紗雪は夜叉《やしゃ》のように眼を吊りあげ、スパーンッ、と尻を叩いてきた。

「ひいいいっ！」

「出したかったら、嘘をついていたことを認めなさい。わたしを抱きたいって言いなさいっ！」

続けざまに尻に平手が飛んできて、

「ひいいいーっ！　ひいいーっ！」

俊平は悲鳴をあげながら足踏みをした。人様には絶対に見せられない、情けない姿だった。できることなら紗雪にも見られたくなかったが、彼女の右手はまだ、ペニスをしっかりとつかんでいた。しごきながら左手で尻を叩いてくるので、逃れることができず、滑稽《こっけい》なまでに身をよじるしかないのだ。

「うっ、嘘をつきましたっ！　本当は紗雪さんを抱きたいのに、僕は嘘をっ……抱きたくないなんて嘘をつきましたーっ！」

半《なか》ばやけくそで叫ぶと、スパンキングの嵐がやんだ。ペニスからも手が離れたので、俊平はがっくりと膝をついた。眼尻に涙が滲《にじ》んでいたが、後ろ手に縛られていてはそれを拭《ぬぐ》うこともできなかった。ハアハアと肩で息をしながら、ただ呼吸を整えるだけの時間が続いた。

だが、整えおえる前に、目の前が暗くなった。紗雪が浴衣の中に、俊平を入れたのだ。彼女は立ったまま、こちらはひざまずいた体勢だった。必然的に、目の前に股間の茂みがきた。やけに黒々とし、面積も広い草むらだった。その奥から、獣じみた女の匂いがむんむんと漂ってきた。まわりを浴衣ですっぽり覆われているから、瞬《また》く間にその匂いが充満していった。

「……ぅむぐっ！」

頭を押さえられ、顔を草むらの中に埋められた。紗雪はなにも言わなかったが、なにを考えているのかはわかった。馬鹿でもわかる。抱きたいと言ったのだから、抱きなさい——そういうことらしい。顔に陰毛を押しつけてきているのは、抱く前にまず、クンニをしろというわけだ。仁王立ちフェラならぬ、仁王立ちクンニを……。

「むううっ……むううっ……」

密林じみた草むらを鼻息で揺らしながら、舌を伸ばしていく。しかし、相手は立ったままなので、なかなか肝心な部分に届いてくれない。

するとと紗雪は、片脚を俊平の肩に載せてきた。なるほど、そうすれば股間が多少は無防備になるが、なぜ立ったまましたがるのだろうか？

「あああっ……」

なんとか女の花に舌を届かせると、紗雪は後頭部を思いきり押さえつけてきた。ますます舐《な》めづらくなったが、頑張って舌を伸ばす。ヌメヌメした花びらをくすぐりたてる。クンニをしている実感もないまま、浴衣の中に獣じみた匂いだけが充満していく。股間が密着しすぎて息ができず、淫らな匂いだけが脳味噌に染みこんでいくようだ。

意識が遠くなりかけ、もうダメだ、と後ろ側に倒れこんだ。だが、紗雪は逃してくれなかった。あお向けになっても、股間が顔に密着していた。その状態で、紗雪は浴衣を脱ぎ捨てた。

俊平は眼を見開き、紗雪を見上げた。先ほどまでチラチラ見えていた裸身が、ついにその全貌を露《あら》わにしたのだ。しかも紗雪は、片脚ずつゆっくりと立てていった。俊平の顔の上で、両脚をM字に割りひろげ、顔面騎乗位を開始したのである。

「ああっ……あああっ……」

今度は股間を押しつけられなかったので、俊平は舌を躍らせた。アーモンドピンクの花びらを舐めまわし、合わせ目がほつれてくると、舌先をヌプヌプと差しこんだ。

「んっ……んんんっ……」

紗雪は眉根《まゆね》を寄せて身をよじり、次第に呼吸をはずませていった。無言なのがちょっと怖かった。クイズをしていたときはあれほど饒舌《じょうぜつ》だったのに、行為が始まるといきなり言葉を発しなくなった。

少しは罪悪感があるのだろうか。セックスレスになっているとはいえ、彼女は人妻。バイトの若者と淫らな行為に溺れてしまい、若旦那に悪いと……。

いや、と俊平はすぐにその考えを打ち消した。罪悪感を抱いている女が、顔面騎乗位などするだろうか、と思ったからだ。しかも、両脚をM字にひろげ、女の恥部という恥部を剝きだしにして……。

「くぅううっ！」

舌先がクリトリスに到達すると、紗雪はぎゅっと眼をつぶり、丸く開いた唇をわななかせた。元が美形なだけに、身震いを誘うほどあえぎ顔がいやらしかった。ねちねちとクリトリスを舐め転がせば、眼の下がどんどん紅潮《こうちょう》していき、小鼻まで赤くなっていく。ハアハアと息をはずませては、喜悦《きえつ》を嚙《か》みしめるように身をよじる。

感じているようだった。感じさせている実感が、俊平にもあった。紗雪が漏らした蜜は、すでに顔の下半分をびっしょりに濡らしていた。舐めれば舐めるほど新鮮な蜜があとからあとからこんこんとあふれてきて、じゅるっ、と啜《すす》ってやると、紗雪は「あううっ！」と甲高い声をあげてのけぞった。

「ダッ、ダメッ……もう我慢できないっ……」

淫らに上ずった声で言うと、俊平の顔の上からおり、後ろ手の拘束をといた。掛け布団を剝《は》ぎ、白いシーツの上で四つん這いになって、こちらに尻を向けていた。バックスタイルで挿入しろということらしい。

しかし……。

もう我慢できないのなら、彼女は俊平をあお向けにしたまま、騎乗位で繫がるべきだった。拘束をといてしまったのは、痛恨のミスと言っていい。おかげで、俊平に男の沽券《こけん》をとりもどすチャンスが訪れた。

足元に落ちていた帯を拾った。先ほどまで自分を後ろ手に縛っていた帯だ。寝巻き用のものなので、五センチほどの幅のヘナヘナした平帯だ。

「……なにやってるの？」

紗雪が四つん這いのまま振り返る。

「いや、その……お返しをさせてもらおうかと……」

鞭《むち》のように帯を振りたて、突きだされた尻をスパーンッと叩いた。

「ひいいっ！　なにするの？」

紗雪が尻尾を踏まれた猫のような顔になる。

「だからお返しですよ。抱かれたかったのは、本当は若女将のほうでしょ。それを隠して、変なクイズで僕を陥れて……」

スパーンッと尻を叩く。

「ひいいっ！　わっ、わたしはべつに……」

「抱かれたくなかったんですか？」

スパーンッ、スパパーンッ、と帯を尻にヒットさせる。鞭もどきではあるけれど、コツをつかんでくると、ビュンと風を切る音もたつようになる。

「どっ、どうしてわたしがっ……ひいいっーっ！　ひいいいーっ！」

帯が尻を叩くほどに、紗雪は痛みを訴えるような悲鳴をあげた。しかし、逃げようとはせず、四つん這いのまま尻をこちらに向けつづける。雪のように白い尻に、帯の痕《あと》が赤々とついているにもかかわらずだ。

つまり……。

若旦那の話は本当だったのだ。

先ほどまでドSのふりをしていたが、紗雪の本性はドM……。

「正直に言うんですよ！」

俊平は力の限り帯を振るった。

「若旦那の眼を盗んで、最初からエッチするつもりだったんでしょう？　それもただのエッチじゃない。こんなことを……」

「ひいいいーっ！　ひいいいーっ！」

いくら尻を叩いても、紗雪は逃げなかった。そしてその悲鳴は、次第に熱っぽく、艶《つや》やかになっていった。

6

俊平は自分で自分に驚いていた。

紗雪がドMであるというのは若旦那の言う通りだったとしても、自分が女の尻を叩くようなタイプだとは思っていなかった。しかも、叩いて興奮している。普段は挨拶をしても一瞥をくれるだけの高慢な若女将だから、これほど興奮するのだろうか。それとも、インチキくさいクイズに負けて辱《はずかし》められた反動で、気持ちが尖ってしまっているのか。

「ずいぶん赤くなってきましたよ……」

突きだされた尻を撫でると、紗雪はビクンとした。そっと撫でたので、痛かったわけではないだろう。次になにをされるのか身構えていたから、体が反応してしまったのだ。

「まだまだお返しさせてもらいますからね……」

俊平は紗雪を後ろ手に縛りあげると、布団の上で正座させた。

「しゃぶってください」

仁王立ちになり、臍《へそ》を叩く勢いで反り返ったペニスを鼻先に突きつけた。

「いっ、いやよ……」

紗雪は悔しげに顔をそむけた。

「だっ、抱きたかったら、抱けばいいわよ……好きなだけ、辱めればいいわよ……でも、口でするのは……使用人のあなたのものを舐めるなんて、そんな真似はっ……ぅんぐううーっ！」

減らず口を叩いている口に、勃起しきったペニスをねじこんだ。俊平はアブノーマルプレイで興奮しきっていた。いつもとは違う異常な精神状態で、凶暴な衝動《しょうどう》を抑えることができなかった。

「うんぐっ！　ぅんぐっ！」

亀頭を咥《くわ》えこませても、紗雪は小刻みに首を振って抵抗してきた。往生際《おうじょうぎわ》が悪い女だった。俊平はぐっと腰を反《そ》らせ、両手でつかんだ彼女の頭を引き寄せた。

「ぅんっ、ぐんぅぅぅーっ！」

容赦《ようしゃ》なく喉奥まで亀頭を突っこむと、紗雪は涙を流して悶絶《もんぜつ》した。それでも罪悪感を覚えなかったのは、彼女がドMと確信しているからか。それとも、年上の美女をいじめることに、暗い悦《よろこ》びを覚えはじめているせいか……。

おそらく、紗雪がごく普通のやさしい女であれば、こんなことをしたいと思わなかっただろう。ツンと澄ました高慢美女だからこそ、劣情《れつじょう》をそそられるのだ。泣き顔にさえ興奮し、もっと泣かせてみたくなるのだ。

「ほらっ！　ほらっ！　もっと舌を使ってくださいよ」

俊平は腰を振りたて、ペニスを抜き差ししはじめた。自分で言っておきながら、舌を使うことなんてとても無理だろうと思った。このやり方は、まさしく美女の顔を犯している悦びが味わえた。ある意味、ノーマルな結合より、女を支配している満足感に浸ることができる。

「ぅんぐっ！　ぅんぐっ！」

紗雪は涙を流しながら眼を見開き、もう許してと訴えてきた。もちろん、許すわけにはいかなかった。

「ぅんぐぅぅーっ！　ぅんぐぅぅーっ！」

後ろ手に縛られているから、どれほど息苦しくても、紗雪は身をよじることくらいしかできない。タプタプと揺れはずんでいる豊満な乳房が、揉《も》んで揉んでと誘っていた。いきなり顔面騎乗位から始まったので、俊平はまだ、そこに指一本触れていなかった。

「……ぅんあああーっ！」

口唇からペニスを引き抜くと、紗雪は前屈みになって大量の唾液を垂らした。両手が使えないので、唾液を受けとめることもできないのだった。

「苦しかったですか？」

「ううう……」

悔しげにこちらを睨んでくる。だが、本人はそのつもりでも、いつもの威厳がまるでない。涙を流しているからでも、涎《よだれ》を拭うことができないからでもない。その顔には、屈《くつ》辱《じょく》と同時に欲情が浮かんでいた。いやらしすぎるほどの色香を振りまき、男心を揺さぶってきた。

俊平は布団の上であぐらをかき、対面座位にうながした。

「またがってください」

「えっ……」

「もう辛抱たまらないんでしょ？」

「だっ、誰が……」

紗雪は顔をそむけたが、

「またがらないなら、もう一度フェラですよ」

俊平の非情な言葉に息を呑んだ。

「今度は途中でやめませんからね。出すまでやらせてもらいます。いいですか、それでも？」

「ううう……」

紗雪は唇を噛みしめ、屈辱に震えていたが、彼女がとる行動は最初からわかりきっていた。再び喉奥まで咥えさせられるのが嫌なのではなく、紗雪はそもそもセックスがしたかったのだ。

「せめて……手をほどいてくれない？」

「ダメですね」

俊平は冷たく言い放つ。彼女がドMなら、そのほうが興奮するだろうと思ったからだ。

「ううっ……くぅううっ……」

紗雪はむせび泣くような声をもらしながら、俊平の腰にまたがってきた。先ほどの顔面騎乗位のときと同じ格好だったが、立場はすっかり入れ替わっていた。紗雪は恥辱《ちじょく》に身悶えながら豊満な双乳をプルプル揺すり、俊平はそれを見てニヤニヤ笑っている。

「さあ、どうぞ」

ペニスに手を添え、挿入しやすいようにしてやる。

「こっ、こんな屈辱っ……生まれて初めてよっ……」

欲しくてしかたがないくせに、紗雪は悪態をつかずにはいられないようだった。しかし、こんな屈辱が生まれて初めてなら、いままで経験したことがないほどの快感が味わえるのではないか。彼女が本物のドMであれば……。

「ああぁっ……」

性器の角度を合わせた紗雪は、亀頭と花びらが密着しただけで眉間《みけん》に深い縦《たて》皺を刻んだ。後ろ手に縛られた状態で中腰になっているので、両脚が小刻みに震えている。いくらペニスが欲しくても、プライドの高い彼女は、一気に咥えこめないらしい。

ならば、と俊平は双乳を両手ですくいあげた。たっぷりと量感があり、驚くほど柔らかい肉房だった。ぎゅうっと指を食いこませると、

「あああぁあっ……」

紗雪は焦《あせ》った声をあげ、少しだけ腰が落ちた。ペニスが半分ほど埋まった状態だ。紗雪

の中は熱く煮えたぎり、俊平は一瞬、心地よさに気が遠くなりそうになった。しかし、負けるわけにはいかない。

必死に平静を装いながら、柔らかい乳肉と戯《たわむ》れた。嚙みしめるように指を食いこませては、プルプルと揺すりたてた。そうせずにはいられなかった。揉めば揉むほど手に馴染《なじ》んでくる、極上の感触がした。

「あああっ……いやあああっ……」

熱っぽく乳房を揉みしだかれれば、紗雪だって反応せずにはいられない。しかし彼女は、まだ最後まで腰を落としてはこなかった。中腰のまま股間を小刻みに上下させ、浅瀬でペニスの先端をしゃぶりあげてきたのである。

ひどく濡らしていることは、くちゅくちゅという音でわかった。それでもまだ、すべてを咥えこんでこない。プライドの高さがなせる業《わざ》か、あるいはそうすることで、自分自身を焦らしているのか……。

こうなったら我慢くらべだった。俊平にしてももっと強い刺激が欲しくてしようがなかった。興奮しすぎて顔中に脂《あぶら》汗が浮かび、眼に入ってくるほどだったが、あぐらをかいていては下から突きあげることはできない。彼女の腰をつかんで落としてやることはできるが、それもなんだか癪《しゃく》である。

ふくらみを揉みつつ乳首に舌を這わせた。硬く尖りきった突起《とっき》を代わるがわる口に含み、チュパチュパと音をたてて吸いたてる。

「あああぁっ……ああっ、いやあっ……」

紗雪に我慢の限界が訪れた。乳首が敏感らしく、吸いたてるほどにじりじりと腰が落ちてくる。結合が深まっていく。硬く勃起したペニスが女体を深々と貫いていく。

「ああああーっ！」

すべてを咥えこんだ紗雪は、ガクガクと腰を震わせた。全身の小刻みな痙攣《けいれん》が、しばらくの間とまらなかった。きつく眼をつぶり、なにかを噛みしめているような表情がたまらなくいやらしい。

もちろん、いつまでもそうしていることはできなかった。対面座位は、彼女が動かなければ始まらないのである。

「あああっ……はぁあああっ……」

眼を伏せて顔をそむけつつ、まずは遠慮がちに腰を動かしはじめた。しかし彼女は、女の悦びを知り尽くした人妻であり、なおかつ欲求不満だった。いつまでも遠慮していることはできず、クイッ、クイッ、と股間をしゃくるピッチはみるみるあがっていく。ハアハアと息をはずませ、すぐに甲高い悲鳴を撒《ま》き散らしはじめた。

紅潮し、歪んでいる高慢な美貌には最初、恥辱の色ばかりが滲んでいた。だが次第に、それが歓喜《かんき》の色にとって変わられていく。ずちゅっ、ぐちゅっ、と無残《むざん》な肉ずれ音がたっても、羞じらうこともできずに、長い黒髪を振り乱してあえぎにあえぐ。

「ああっ、いいっ！　きっ、気持ちいいいいいーっ！」

ようやく素直に快楽を味わいはじめた紗雪は、蕩《とろ》けるような表情で俊平を見つめてきた。それはもはや、使用人のバイトを見つめる眼つきではなく、発情しきった獣の牝《めす》が牡《おす》を見つめるそれだった。オルガスムスが近づいていることが、見た目からでもはっきりわかった。

しかし……。

俊平は微妙に不満だった。帯を鞭代わりにして尻を叩いたり、白眼を剝きそうなほど口唇にピストン運動を送りこんだり、先ほど経験したアブノーマルプレイの興奮が、まだ体の中に残っていた。

いくら後ろ手に拘束しているとはいえ、あれと比べれば、いまの対面座位はいかにも普通だった。べつに普通でもいいのだが、ドMの紗雪は、それでいいのだろうか。このままイクことができれば、それで満足なのか。

「ひっ、ひいいいいいいーっ！」

紗雪が眼を見開いて悲鳴をあげた。いままで出していた声とは、あきらかにニュアンスが違った。

俊平が左右の乳首をひねりあげたからである。心を鬼にして、容赦なく力をこめた。ちぎりとる寸前まで……。

もちろん、痛がられたらやめるつもりだったが、紗雪は泣き叫びながら正気を失ったようなピッチで腰を振りたててきた。ガクガク、ガクガク、ともはやいやらしいのを通り越して滑稽なほどだったが、くしゃくしゃになったあえぎ顔からは、切羽《せっぱ》つまった欲情だけが伝わってきた。存分に快楽をむさぼっているのに、さらにもっとむさぼらずにはいられない、淫蕩《いんとう》な女の業《ごう》さえ感じてしまった。

「いやらしいドMだなっ！」

もう一度、左右の乳首をひねりあげる。

「ひぃいいいーっ！　ひぃいいいいいいーっ！」

やはり、ターボがかかったエンジンのように腰の動きがパワーアップされ、と同時に、喜悦に全身をくねらせる。

「きっ、気持ちいいーっ！　もっとしてっ！　痛くしてえええええーっ！」

ついに本性を現わした紗雪の背中に、俊平は両手をまわして帯をといた。紗雪は自由になった両手を俊平の首にまわし、ひときわ熱烈に腰を振りたててきた。ほとんど自分勝手に動いているだけだったが、ブレーキが壊れてしまったダンプカーのような彼女の動きに、俊平はアブノーマルな興奮に駆《か》られた。世の中には、こんな女もいるのかと思った。見た目はとびきりいい女なのに、ここまでの変態が……。

「痛くしてほしいんですね？」

俊平がささやくと、紗雪は眼を見開いて息を呑《の》んだ。見つめあいながら、スパーンッと尻を平手で叩いた。

「あああああーっ！」

紗雪がのけぞって白い喉《のど》を突きだす。

スパーンッ、スパパーンッ、と俊平は左右の尻丘に連打を浴《あ》びせる。先ほど帯でも叩いたので、相当に痛むはずだった。しかし紗雪は、叩けば叩くほど燃えあがっていく。長い黒髪を振り乱し、腰を振りたてる。クイッ、クイッ、と股間をしゃくっては、ガクガクと腰を震わせる。そうかと思えば、ペニスを限界まで深く咥えこみ、子宮に亀頭をぐりぐりと押しつける。

俊平は最後の仕上げにかかった。左右の尻丘を叩きながら、乳首を口に含んだ。歯を立てるためだった。最初は甘嚙み程度だったが、紗雪はたまらないようだった。さらに嚙んだ。コリコリした突起の根元に歯痕がつくくらい……。

「あぁううーっ！　はぁうううううーっ！」

紗雪が絶叫する。

「ダッ、ダメッ……そんなのダメッ……イッちゃうっ……もうイクッ……イクイクイクッ……はっ、はぁあうううううううーっ！」

ビクンッ、ビクンッ、と跳ねあがった腰を、俊平はあわてて抱きしめた。抱きしめてやらないと、どこかへ飛んでいってしまいそうだったからだ。

「はぁあああああーっ！　はぁああああーっ！」

ガクガクと腰を震わせながら肉の悦びを噛みしめている紗雪は、ゆき果て方がいままで抱いた三人の女とまるで違った。いやらしいのに美しかった。満開の桜が春の嵐に吹かれていっせいに散っていく――そんな情感があった。本当に、今夜は新しい扉が次々と開けられていく。

しかし。

感慨《かんがい》に耽《ふけ》っていることができたのは、ほんの束《つか》の間《ま》のことだった。

イキきった紗雪が、すうっと全身を弛緩《しかん》させた瞬間だった。

バタンッ！　と襖が開く音がした。部屋に入ってきたのは、若旦那と番頭の田中だった。ふたりとも、見たことがないほど恐ろしい顔をしていた。青鬼がふたり、そこに立っているようだった。

「なにをやってるんだ……」

若旦那は近づいてくると、ざんばらに乱れた紗雪の黒髪を乱暴につかみ、俊平の上から引きずり落とした。オルガスムスの余韻《よいん》に浸《ひた》っていた紗雪は、眼の焦点が合っていなかった。キョロキョロして若旦那や田中を見ては、訳がわからないという顔をする。全裸でいることを羞じらうこともできないまま、放心状態に陥ってしまう。

「おまえのようなあばずれは、この宿の嫁に相応しくない。出ていってくれ。もう二度と顔も見たくない」

性交の熱気のこもった四畳半に、若旦那の声が冷たく響き渡った。

今度は俊平が訳がわからないという顔をする番だった。話がずいぶん違うではないか。若旦那は若女将を抱いてほしかったのでは……。

「いや、あのう……」

真意《しんい》を質《ただ》そうとしたが、

「貴様も貴様だっ！」

田中に平手で頬を殴られた。バチーンッとすごい音がした。

「使用人の分際《ぶんざい》で若女将に手を出すとは何事だっ！　いまこの場で馘《くび》にするから、明日の朝いちばんで出ていけっ！」

体の大きな田中の手はグローブのように厚く、それで頬を思いきり叩かれては、たまったものではなかった。布団の外に吹っ飛ばされた俊平は、頬を押さえてうずくまり、しばらくの間、うめき声をもらすことしかできなかった。

7

翌朝――。

宿泊客の大半がまだ寝静まっている午前六時、俊平は荷物をまとめて自室を出た。本当なら、五時半から朝食の準備を手伝わなくてはならないのだが、馘と言われたからにはするわけにもいかない。

まったくゆうべはひどい目に遭《あ》った。

たしかに人妻である若女将を抱いてしまったのは、人の道に反しているのかもしれない。しかし、抱け抱けとけしかけてきたのは若旦那だし、部屋に呼んでおいて若女将とふたりきりにしたのも彼なのだ。なのにこの仕打ちはいったいどういう訳だろう？　その後事情を説明してくれるようなこともなく、俊平はただ、田中によって部屋の外につまみ出されただけだった。

釈然《しゃくぜん》としなかった。

帳場がある玄関まで来ると、あらためて怒りがこみあげてきた。挨拶《あいさつ》もせずに出ていってやろうかと思ったが、それではこちらに後ろめたいことがあるように思われそうで、筋だけは通そうと思い直した。

「失礼します」

襖を開けると、手前に田中がいて、奥に若旦那の姿もあった。この時間に若旦那が起きているのは珍しいことだった。

「今日までお世話になりました。これにて失礼いたします」

頭をさげると、

「これ、昨日までのバイト代だ」

田中が茶封筒を渡してきた。俊平のバイト代は日給三千円ぽっきりだった。豪華な食事がつき、温泉も入り放題なので文句はなかったが、ゆうべのことがあったので貰えるとは思っていなかった。しかも、三千円×九日間の報酬にしては、やけに封筒が分厚い。

中身を確認すると、二十万円も入っていたので驚いた。

「計算間違ってますよ」

田中に突き返そうとしたが、

「いいんだ」

首を振って受けとらなかった。

「手を出しちまったのは、俺の落ち度だ。治療代にしてくれ」

田中に殴られた左の頰は、まだ腫《は》れていた。親知らずでも抜いたような顔になっていたが、治療するほどのことではない。

「冗談やめてください。こんなに貰えません」

「いいから」

田中は突き返そうとする俊平の手から封筒を奪いとり、勝手にリュックのファスナーを開けて中に押しこんだ。

「もう行け」

「はあ……」

田中に折れる様子はなかったので、金は受けとるしかないようだった。俊平の心には冷たい風が吹き抜けていった。金の問題ではない。こんなに早くから帳場にいるくらいだから、若旦那がなにか言ってくれるのではないかと期待していたのだ。

しかし、新聞に眼を落としたまま、こちらには一瞥もくれなかった。その冷たい横顔は、俊平の知る若旦那ではなかった。浴衣の裾をまくって足湯に浸かってくるや、袖の袂から温泉饅頭を出して笑った、軽薄だが憎《にく》みきれない愛嬌のある優男とは別人だった。

「……失礼します」

俊平は一礼して帳場を出た。靴《くつ》を履《は》いて外に出ると、怒りと哀しみで叫び声をあげたくなった。

バス停は〈翡翠館〉から少し坂をのぼったところにある。

まだ薄暗い山道を息を切らしてのぼっていくと、女がひとり立っていた。洋服を着ていたので一瞬誰かわからなかったが、紗雪だった。

最悪である。

自分のせいで彼女は離縁《りえん》され、〈翡翠館〉を追いだされてしまったのだ。セックスに誘いこんだのは彼女のほうだから、その点で責任を感じているわけではない。しかし、俊平が一発殴られただけなのに対し、彼女が失ったものは大きすぎる。

「……どうも」

伏し目がちに挨拶した。姿を見られてしまった以上、踵《きびす》を返すわけにはいかなかった。

それにしても気まずかった。他にバスを待つ客がひとりもいないことも、気まずさに拍車をかけた。

しかし、紗雪は妙にサバサバした顔で、

「おはよう」

と歌うように言った。そこに、若女将時代の高慢さは漂っていなかった。下手《へた》をすれば糾弾《きゅうだん》され、最低でも嫌味のひとつは言われると身構えていた俊平は、拍子抜けしてしまった。

「顔、まだ腫れてるのね？　痛むのかしら」

「いや、それは大丈夫ですが……なんでそんなに明るい顔してるんですか？」

「えっ？　明るい顔、してる？」

「はい」

俊平が真顔でうなずくと、紗雪はクスクスと笑った。

「たぶん憑《つ》きものが落ちたんじゃないかな。今日から自由の身だと思うと、心も体も軽い感じがする」

「僕は納得いかないですけどね……」

言うべきか言わないべきか、迷ったのは三秒くらいだった。こんな理不尽《りふじん》な仕打ちを受けておいて、守秘義務もへったくれもないだろう。

「実は僕、若旦那にしつこく頼まれてたんですよ。自分はその……EDで嫁を抱けないから、代わりに抱いてやってくれって。もちろん断ってましたよ……断ってましたけど、ゆうべだって僕を部屋に呼んでおいて、外に出たんですよ。そんなことまでしておいて、いきなりあんなふうに怒りだすなんて……」

「ごめんなさい」

紗雪は遠い眼をして言った。

「これはあの人のやさしさなの。わたしはもうずっと前から離婚を考えていて……EDのせいじゃないわよ。わたしがどうしても大女将と折り合いが悪いから……あの人がEDになってしまったのも、それが原因なんじゃないかと思うくらい……わたしも頭さげるのが苦手な女だから、ずっと険悪《けんあく》な状態で、もう関係の修復は諦めるしかなかったのね。わたしが出ていくしか……でも、いざ離婚って話になると、大女将が反対するわけ。世間体が悪いとか、〈翡翠館〉の名前に傷がつくとか……だから、ああでもする他なかったの。あなたを巻きこんでしまったのは本当に申し訳なかったけど、宿の中の人や、地元の人を巻きこむわけにはいかなかったし……きちんと見返りをするように田中さんには言っておいたけど、してもらった？」

「ええ……それは……」

俊平はうなずいた。リュックの中の二十万が、急に重いものに感じられた。言われてみればたしかに、若女将と大女将はいつ見てもお互いを牽制《けんせい》しあっているようで、一種異様な緊張感が漂っていた。

「でも、それにしたってひどすぎませんか？　大女将を納得させる離婚理由が必要なら、嘘をつけばいいじゃないですか。たとえば浮気をしたとか……最初からそう言ってくれれば、僕だって協力したのに……」

「それじゃあ……ダメだったんでしょうね……」

紗雪の眼つきがますます遠くなっていく。

「嘘をつくだけじゃ、あの人自身が離婚する踏ん切りがつかなかったと思う。あの人はわたしのことを本気で愛してくれていた。だから、目の前で他の男に寝取られるようなことでもないと、諦めきれなかったのよ」

紗雪は言葉を切ると、それきりずっと黙っていた。バスが来て、それに乗り、駅で別れの挨拶をするまで……。

俊平もなにか言うことはできなかった。

彼女の顔には、本気で愛していたのは若旦那だけではない、と書いてあった。紗雪自身も、ああいうことがなければ、離婚に踏みきれなかったのだ。

紗雪と若旦那は、お互い愛しあっていながら、別れなければならなかった。若旦那には何代も続く家業があり、大女将という存在もある。それを守らなければならないという気持ちはわからないでもないけれど、そのために愛する女と別れなければならないなんて、あまりにも哀しすぎる話ではないか。

俊平はまた、男と女がわからなくなった。

第五章　新たなる旅立ち

1

潮の匂いで眼が覚めた。

悪い気分ではなかった。

自分は山より海のほうが好きかもしれないと思いながら、俊平は布団《ふとん》から抜けだし、服を着けた。午前四時。外はまだ暗いけれど窓を開けた。潮風が冷たかった。そろそろ秋も終わりに近づいている。

「おはようございます」

作業場に入ると、おやっさんと日和《ひより》はすでにいて、「練り」のために機械に小麦粉を入れていた。俊平もあわてて作業に加わる。この父娘《おやこ》はひどく無口だから、挨拶《あいさつ》が返ってこないのはいつものことだった。しかし、嫌な気持ちにはならない。ふたりともこちらを見て、ニコッと笑ってくれる。

ここは瀬戸内《せとうち》の小島にある素麺《そうめん》工場だ。

工場といっても家族でやっているごく小さなもので、俊平も最初はびっくりした。素麺といえばスーパーで並んでいるものしかイメージできなかったので、もっと大規模かつ近代的な設備で生産しているのだろうと思っていたが、作業場の広さも働いている人間の数も、町の豆腐屋をちょっと大きくしたくらいの規模だった。

俊平がここで働きはじめてから一カ月ほどが経過していた。

〈翡翠館〉を出たあと、瀬戸内でのんびり島めぐりなどをしていたのだが、のんびりしすぎて退屈《たいくつ》になってきた。男と女を知るための旅とはいえ、出会いなどそうそうあるわけではなく、観光にもさして興味がなかったので、本当にすることがなくて困った。

その点、〈翡翠館〉での日々は充実していた。汗水垂らして働いていたからだ。この先、料理人の道を続けるにしろ続けないにしろ、どんな仕事でも経験になるし、体を動かせばごはんもおいしい。そこで、ネットで短期のアルバイトを探してみたところ、素麺工場の人員募集が眼にとまったのである。

素麺は好物のひとつだった。〈とり作〉で働いていたとき、まかないはなにがいいかと訊《たず》ねられると、たいていにゅうめんと答えた。鶏出汁《だし》のスープが〈とり作〉の看板メニューのひとつだったのだ。それに茹《ゆ》でたての素麺を浮かべて食べると、ラーメンよりはあっさりし、鰹《かつお》出汁のうどんや蕎麦《そば》よりも深いコクがあって、絶品なのである。

素麺工場に電話を入れるとすぐにでも来てほしいと言われたので、本州からフェリーに乗って向かった。

港に降りたったときは不安になった。あまりに小さな島だったからだ。周囲は約八キロ、人口は五百人弱、瀬戸内の島めぐりをした中でも、これほど小さな島に来たことはなかった。さらに素麺工場を訪ねると、それらしき建物はなく、自宅の一階が作業場になっていた。

キツネにつままれたような気分で働きだしたものの、素麺づくりにも、島での生活にもすぐ慣れた。〈翡翠館〉とは別の意味で、居心地《いごこち》のよさを感じた。家にはおやっさんと日和の他、おじいちゃんとおばあちゃんがいた。おやっさんの奥さんはずいぶん前に亡《な》くなってしまったらしく、四人家族ということになるが、とにかく家族全員穏やかなのだ。みな口数が少なく、会話がはずむようなことがなくても、笑顔を絶やさない。この家ほど静かなのに、楽しい食卓の席を俊平は他に知らない。

まるで瀬戸内に浮かぶ島そのものの雰囲気《ふんいき》、と言っていいかもしれなかった。海は穏やかで、潮風はやさしく、海産物に恵まれ、夕暮れになると空が美しい蜜柑《みかん》色に染まる。

なんだか竜宮城《りゅうぐうじょう》にでも来た気分で過ごしていたところ、一週間前、おやっさんに磯釣りに誘われた。その日は昼前に作業が一段落《いちだんらく》していたのだが、珍しいことだった。なにか話があるのかもしれないと思うと、気分はブルーになっていった。最近売上が芳《かんば》しくないという話を小耳に挟んだばかりだったので、馘《くび》になるのかもしれないと覚悟した。

「単刀直入《たんとうちょくにゅう》に訊《き》くが……」

磯に釣り糸を垂らして一時間が経《た》ったころ、おやっさんは唐突《とうとつ》に切りだしてきた。魚はまだ一匹も釣れていなかった。

「日和のことをどう思うかのう?」

「どうって言われても……」

俊平は口ごもった。日和はふたつ年上の二十歳、その名の通り小春《こはる》日和のような温かい心と穏やかな笑顔をもつ女だが、なにしろ無口なので詳しい性格はわからない。

なんでも、日和は五人兄弟の末っ子で、彼女以外の兄弟はみな島を出ていってしまったらしい。彼女はひとり、島に残った。というか、島を出たがらない。この島には中学までしかないから、高校にも進学しなかったらしい。

以前おじいちゃんとおばあちゃんにその話を聞いて、俊平は密《ひそ》かにシンパシーを感じた。日和はいいやつに違いないと思った。もちろん、俊平自身も中卒で料理人修業に身を投じたからである。

「あの子はのう、兄弟の中でもいちばん心根《こころね》のやさしい子なんじゃ。けども、やさしすぎて島から出たら生きていけん。わしが元気なうちはええが、もう還暦《かんれき》も過ぎてるしなあ。いつまで体が続くか……」

おやっさんの心配はもっともだった。日和は頑張り屋で、素麺づくりをこよなく愛しているようだったが、彼女ひとりでは工場を続けられないだろう。

「のう」

突然、おやっさんが俊平を見て眼を剝《む》いた。

「あんたうちの婿《むこ》に入らんか？　財産もない家の男が図々《ずうずう》しいお願いをしとることはわかっちょる。だが、あんたなら日和とうまくやっていけると見込んでの話じゃ。日和とふたりで、素麺工場を続けてくれんか？」

「おっ、おやっさんっ！　糸っ！　糸引いてるっ！」

俊平が海を指差して叫ぶと、

「むうっ！」

竿《さお》をしならせたおやっさんは、すさまじい勢いでリールを巻き、見事な鯛《たい》を釣りあげた。

その日はそれ以上話は続かなかったが、そんな話を切りだされてしまえば、日和を意識せずにはいられなかった。

日和は大変な働きもので、素麵づくり以外にも、畑仕事をしたり、漬け物をつけたり、一日中忙しく動きまわっていて、おばあちゃんの腰の痛い日には、炊事《すいじ》や洗濯までしなければならない。

「手伝おうか?」

畑仕事をしている彼女に言うと、やはり返事はなかったが、にっこりした笑みが返ってきた。

草むしりをしながら、日和を観察した。化粧をしていない顔はふたつ年上にしては幼《おさな》げだが、なかなか可愛《かわい》らしい。口数は少なくても、眼を丸くしたり、頰《ほお》をふくらませたり、表情は豊かだ。スタイルだって悪くない。すらりとしているのに出るところはきちんと出ていて、年相応《そうおう》のおしゃれをすれば、きっと美人の部類に入るに違いない。

しかし……。

なにしろほとんど言葉を交《か》わしていないから、なにを考えているのかさっぱりわからなかった。

なぜ高校に進学せず、島から出ない生活を選んだのか？
訊ねても、曖昧な微笑が返ってくるだけの気がする。集団生活が苦手とか、勉強が大嫌いとか、実はいじめられっ子だったとか、理由を示してもらえれば理解の助けになるのだが、彼女は絶対にそういうことを言いそうにない。

日和が近づいてきた。差しだされた手のひらには、採《と》れたてのプチトマトが山盛りで載っていた。

俊平はひとつつまんで食べた。

「旨《うま》いね。甘くて全然酸っぱくない」

日和はうんうんとうなずき、自分もひとつ口に放りこんだ。もぐもぐと食べながら、瞳を楽しげに輝かせた。

彼女のようなタイプと所帯《しょたい》をもてば、きっと一生涯、穏やかで平和な日々を送れるのだろうが……。

2

冬の足音が、日増しに近づいてきた。

その日、俊平はおやっさんと一緒に、本州の町まで買い物に出かけた。

製麺する機械をメンテナンスするのに必要な工具や資材を手に入れるのが主な目的なので、おやっさんひとりで事足りるのだが、俊平には新しい服や下着が必要だった。東京から持ってきたものは、数が少ないのでヘビーローテーションされ、どれも生地が傷《いた》んできていたし、寒さが本格的になる前にダウンジャケットなども買い求めておかなければならない。

おやっさんに付き合ってホームセンターに行き、続いて百貨店に移動した。東京にあるそれと比べれば、スーパーに毛が生えたようなものだったが、近隣ではいちばん品揃《ぞろ》えがいいらしい。

おやっさんとふたりきりになれば、また婿入りの話をされるのではないかと、内心で身構えていたのだが、そんなことはなかった。待つことのできる人なのだろう。伝えるべきことは伝えたので、あとは俊平の気持ち次第というわけだ。正直、助かった。結婚となれば一生の問題だし、相手の気持ちもある。焦《あせ》って結論を出し、後悔するのは愚《おろ》かなことだ。

百貨店の駐車場にクルマを停め、助手席に乗っていた俊平が先に降りたとき、事件は起こった。

ひとりの女が眼にとまった。白いスーツを着ていた。田舎《いなか》町の景色に不釣り合いなほど垢《あか》抜けていたので、視線が向かってしまったのだろう。

翔子だった。

浅草観音裏にある〈フェアリー〉のママで、優作と一緒に逃げた……。

あの小生意気《こなまいき》な横顔は間違いなかった。

なぜこんなところに？　と心臓が早鐘《はやがね》を打ちだす。体中の血が逆流していくような感覚にとらわれ、もう昔の話だから放っておく、ということができなかった。

「おやっさん、すいませんっ！」

助手席のドアを開け直して言った。

「ちょっと知りあいを見かけて……知りあいっていうか、知りあいの知りあいですけど……なんていうかその……とにかく用があるんで、先に島に戻ってください。僕も用事をすませて、服を買ったら、すぐ帰ります」

それだけ言うと、答えを待たずにドアを閉めた。翔子を見失ってしまっては意味がなかった。百貨店を出て、駅に向かっているようだった。十メートルほど間隔をおいて尾行《びこう》しながら、あとを尾《つ》けてどうするつもりだと自問《じもん》した。

翔子になど用はないが、優作に会いたい――それがこの衝動《しょうどう》的な行動の動機だと思った。優作に会って、文句を言ってやりたかっかった。あんたのおかげで茅乃は立ち直れないほど落ちこんで実家に帰り、店だって閉じてしまったと……言ってやらなければ気がすまなかった。

駅に着くと、翔子は列車に乗りこんだ。

どこに移動するのかわからないが、急に時間が気になった。

午前中は素麺づくりに精を出し、昼すぎのフェリーでこちらに来た。ホームセンターでけっこう時間を使ってしまったので、もう夕暮れが近かった。となると、最終のフェリーまであまり時間がない。

最悪、今夜は外泊だと覚悟した。いまさら踵《きびす》を返す気にはなれなかった。おやっさんは待つことのできる人だ。きちんと連絡さえ入れれば、一日くらい外泊したところで、臓になったりはしないだろう。

翔子は三つ先の駅で降りた。百貨店のある港町とはまるで雰囲気が違い、駅前に歓楽街《かんらくがい》があった。東京とは比べものにならない規模だが、酒を出す店が密集し、スナックやキャバクラ、あるいは風俗《ふうぞく》店なども軒《のき》を連《つら》ねていそうだった。

その駅前で、翔子は男と待ち合わせをしていた。

優作ではなかった。頭髪の薄い小太りな中年男で、驚くべきことに、翔子は腕を組んで歩きだした。

　ふたりが入ったのは、歓楽街にあるレストランだった。田舎町なりにきちんとした店構えだった。そんなところにひとりで入っていくわけにもいかず、もちろん翔子に見つかりたくもなかったので、外で待った。たっぷり二時間以上待たされた俊平は、おやっさんの爪の垢でも煎《せん》じて飲ませてほしくなった。

　待つことがこんなにつらいとは思わなかった。

　レストランを出た翔子と男は、今度はキャバクラに入っていった。だんだん事情が呑《の》みこめてきた。一時間に一回くらいのペースで、翔子は外に出てきた。客を送りだすためだ。白いスーツは真っ赤《まか》なドレスに着替えられていた。彼女がこの店で働いていることは間違いないようだった。中年男とレストランに寄ってから店に向かったのは、「同伴出勤」というやつだろう。

　つまり……。

　優作は、自分よりひとまわりも年下の恋人にそんなことをさせなければならないほど、金に困っているというわけだ。

　いったいなんなのだろう？　真っ赤なドレスの翔子が店から出てくるたびに、俊平は憤《いきどお》りに駆《か》られた。翔子が客とハグなどすると、頭に血が昇ってしようがなかった。翔子は水商売が天職だから、頭の薄い小太りの中年男にハグされようが、尻を撫《な》でられようが、平気なのかもしれない。だが、優作は平気なのだろうか？　長年連れあった愛妻を捨ててまで一緒にいる若い恋人にそんなことをさせて、自分はいったいなにをしているのか？

「おにいちゃん、さっきからなにやってるの？」

肩を叩《たた》かれ、ビクンとして振り返ると、見上げるほど背が高い男が立っていた。黒いスーツを着ている。

「ずいぶん長いことうちの店見張ってるけど、なんのつもり？」

「いや、その……」

俊平は思いきり顔をひきつらせた。

「しっ、知りあいが中にいるかもしれないから、待ってるというか……」

即興《そっきょう》の嘘《うそ》にしては、我ながらいい出来映えだった。

「中に入って探せばいいじゃない」

「でっ、でも僕、こういうお店、入ったことがなくて……」

「知りあいがいるってことは、呼ばれたってことだろ？　じゃあ、大丈夫だよ。心配しなくても、その人が楽しませてくれるさ」

相手のほうが一枚上手だった。

背中を押され――正確には、猫のように襟《えり》のところをつまみあげられ、俊平は店の中に連れこまれた。

店内には大音響でユーロビートが流れ、ひどく暗かった。ところどころで原色のライトが回転していて、眼がチカチカした。店構えはそれほどでもなかったのに、中に入ると下品なムードが全開だった。

「どうだい？　知りあいの人はいそうかい？」

知りあいなら、いた。真っ赤なドレスを着て接客していたが、

「……いないみたいです」

俊平は蚊《か》の鳴くような声で答えた。

「じゃあ、中で待っていればいい。大丈夫。呼ばれたってことは、その人もそのうち来るさ」

有無《うむ》を言わさずボックス席に座らされた。頼んでもいないのに、黒服がしゃがんで水割りをつくりだす。

「一時間、ハウスボトル飲み放題で一万円ね。ちょっと割高感があるかもしれないけど、

よそと違ってスペシャルサービスがあるから」

黒服が視線を巡らせたので、俊平もそれに倣《なら》った。店内の男女は例外なく抱きあっていた。キスをしている不届き者までいる。それも、ねっちょりと糸を引くようなディープキスだ。

「うちの場合は、どの子もキスしてＯＫ。おっぱい揉《も》むのも服の上からならＯＫ。でも、それ以上はダメだよ。スカートの中に手を入れたりしたら、容赦《ようしゃ》なくつまみだすからね」

水割りが目の前に置かれた。俊平の視線は、翔子に向けられたままだった。隣の客と身を寄せあい、キャッキャとはしゃいでいる。小悪魔ぶりは健在《けんざい》らしい。浅草のスナックでそうだったように、すっかり客を手玉に取っている。

それにしても……。

店公認でキスをしたり、おっぱいが揉めるなんて、そんなのほとんど風俗店ではないか。翔子もやっているのだろうか？　そんな過激なサービスを……。

俊平が翔子から眼を離せないでいると、

「ああいうタイプが好みかい？」

黒服が卑猥《ひわい》な笑みをもらした。

「うちでも一、二を争う売れっ子だよ。指名入れれば隣に来てくれるけど、場内指名料は三千円な」

「けっ、けっこうです！」

俊平はあわてて首を横に振った。

「ああいうのは苦手なんです。彼女だけは呼ばないで……」

「あ、そ」

黒服が鼻白《はなじろ》んだ顔で去っていくと、入れ替わりにブルーのドレスの女が現われた。性格はよさそうだったが、容姿は翔子より何段階も落ちた。

3

まったくひどい目に遭《あ》った。

ユーロビートが大音響で鳴り響く店内で、俊平は隣に座った女には生返事ばかりして、横眼でずっと翔子の様子をうかがっていた。

決定的瞬間を目撃してやるつもりだった。翔子が客とキスをしたり、乳房を揉まれているところを見たくてしようがなかった。茅乃を不幸にした女がそこまで堕《お》ちていれば、ちょっとは溜飲《りゅういん》が下がるかもしれないと思ったのだ。ここがそういう店である以上、その瞬間は遠からず訪れるに違いなかった。

しかし、翔子はハグまでは許しても、客がそれ以上のことをしようとすると、するりとかわす。言葉のやりとりまでは聞こえなかったが、客に甘えたり、おだてたり、たしなめたりしながらも、決してキスはさせないし、乳房だって揉ませない。それでも、翔子の席は他のどの席よりも盛りあがっていて、客は満足げな顔で会計をすませる。

たいした手練手管《てれんてくだ》だったが、そうなるとよけいに、俊平の視線は釘《くぎ》づけにされた。次の客こそ翔子の唇《くちびる》を強引に奪うのではないかと、手に汗を握っていた。なにしろこの店は、そういった行為が容認され、料金にまで反映されているのだ。キスをしたり、乳房を揉まなければ、客が損をすることになる。

だが結局、翔子は最後まで逃げきった。俊平はただの一度も、翔子が客とキスをしたり、ドレス越しに胸のふくらみをまさぐられるところを目撃することができなかった。にわかに店内がざわつきはじめたと思ったら、終電の時間が近づいているようだった。それで帰らなければならない客もいれば、嬢もいる。翔子も帰るようだったので、俊平は会計を頼んだ。

翔子に気をとられて延長を繰り返し、「ドリンク頼んでいいですかあ?」と訊ねられても適当にうなずいていたので、五万円も請求されて気絶しそうになった。服を買うために金を持っていたからよかったものの、持っていなければどうなっていたのか、背筋に悪寒《おかん》が這《は》いあがった。

店を出ると、駅で待ち伏せし、翔子を尾行した。翔子は先ほど来た方向に戻る列車に乗り、百貨店のある駅からさらにふた駅ほど先で降りた。カツカツとハイヒールを鳴らしながら夜道を歩きはじめた彼女に、俊平も続いた。

翔子は夜闇の中で目立つ白いスーツに着替えていたし、他にほとんど人影もなかったので、見失う心配はなさそうだった。

小悪魔は後ろ姿も色っぽかった。見られていることを意識しているはずもないのに、尻を振って歩いているように見える。彼女のヒップにはボリュームがある。そのくせ腰は、驚くほど細い。どこまでも、男好きする姿をしている。いや、男好きする女、というものを神様が悪戯《いたずら》でつくってみたのが、翔子という女の正体ではないか——後ろ姿を延々《えんえん》と眺めながら歩いていると、そんな気さえしてきた。

やがて翔子は、小さなアパートに入っていった。それほど豪華ではないが、新築の建物のようだった。

ここに優作がいる……。

そう思うと、俊平の心臓は早鐘を打ちだした。

自分の顔を見て、優作はいったいなんと言うだろうか。別れた日のように、黙って殴《なぐ》ってくるだろうか。殴りたいなら殴ればいいが、今度は置き去りにして去っていくことはできない。こちらは自宅を押さえているのだ。ぶっ飛ばされても立ちあがり、ドア越しに大声で叫んでやる。茅乃が不幸のどん底にいると教えてやる。観音裏から焼鳥の名店がなくなってしまったことを告げてやる。

深呼吸をしてからインターフォンを押した。

すぐにドアが開いた。翔子はチェーンもかけていなかった。不用心な女だと思ったが、好都合だった。俊平の顔を見て驚いている彼女に向かい、低く声を絞《しぼ》った。

「大将、呼んでください」

翔子の顔は凍《こお》りついたように固まっていた。店でしたたかに酒を飲んだからだろう、頬《ほお》は赤かったが、叩けばパリンと音をたてて割れそうだった。

「大将、呼んでください」

繰り返し言うと、翔子はやれやれという感じで首を横に振った。俊平の顔をまじまじと見て、ふっと苦笑した。その顔には、あからさまに落胆《らくたん》の色が浮かんでいた。

「いないわよ」

「はあ？」

「あの人はもう、ここにはいない。嘘だと思うなら、中を見れば」

翔子はドアを開け放したまま、部屋の中に戻っていった。訳がわからなかったが、俊平も靴《くつ》を脱いで追いかけた。新築の匂いがした。部屋は2DKくらいの広さだろうか。リビングに真新しいコタツが置かれていた。食器棚やキャビネットも新品のようだったが、なんだか妙に殺風景《さっぷうけい》で、空々《そらぞら》しい雰囲気がした。

翔子は白いスーツ姿のままコタツに入り、缶ビールのプルタブを開けた。喉に流しこむようにして飲んだ。

「冷蔵庫に入ってるから、あんたも飲みたかったら飲んでいいよ」

横顔を向けたまま言ってきたが、ビールなんて飲んでいる場合ではなかった。

「他の部屋も見ていいですか?」

「どうぞ」

奥の部屋には、大きなベッドがひとつ置かれていた。別の部屋は、荷物もなくガランとしていた。バスルームやトイレまで見たが、優作の姿はなかった。

「本当にいないんですか?」

「そう言ってるでしょ」

「どこに行ってるか……」

「知らない！」

翔子は被《かぶ》せ気味に答えた。声音《こわね》に憤怒《ふんぬ》が滲《にじ》んでいた。

「女と逃げたんだもん。捨てられたわたしが、どこに行ったのか知るわけないじゃない！」

俊平はにわかに言葉を返せなかった。深夜にインターフォンを押したのに、彼女がチェーンもつけず、すぐに扉を開いた理由がわかった。優作が帰ってきたと思ったのだ。

「笑えばいいわよ、因果応報《いんがおうほう》だって。この町に落ち着いてまだひと月くらいなのに、地元のホステスとデキちゃって……どんな女か知らないわよ。まあ、怒鳴《どな》りこんできたダンナの感じじゃ、くたびれた場末《ばすえ》のホステスだと思うけど……おかげでこっちまで、場末のホステスみたいなことしなくちゃならなくなっちゃった。あの人、別れた奥さんに貯金全部残してきたから、逃避行《とうひこう》代は全部わたし持ちだったわけ。この部屋の敷金礼金、家具なんかを買うお金もね。信じられないわよ、全部吐きださせてから消えちゃうなんて……」

しゃべりながら、翔子の眼つきはどんどん遠くを見つめるようになっていった。恨《うら》みつらみや、憤怒のような感情はあまり伝わってこなかった。自分で言った通り、因果応報だと思っているからだろうか。どこかでこの最悪の結末に、納得しているようにも見える。

「ところで、どうしてここがわかったの？　探偵でも使った？」

鼻で笑いながら訊ねてきた。

俊平は、百貨店の駐車場で見かけてから、ずっと尾行してきたことを正直に話した。

「あんたもおかしな男ね。てゆーか、お店まで入ったんだ？　それじゃあもう、隠すところないじゃない。場末のホステスどころか、あれじゃ風俗嬢よね」

蓮《はす》っ葉《ぱ》な物言いが、逆に痛々しい。

「……してなかったじゃないですか」

「えっ？」

「僕が見ていた限り、翔子さんはその……客とキスしたり、おっぱい揉まれたり、してなかった……」

翔子の顔色が変わった。みるみる血の気がなくなっていき、蠟《ろう》のように白くなったかと思うと、大粒の涙が頰を伝った。次の瞬間、両手で顔を覆《おお》い、わっと泣きだした。

「いまのうちだけよ……客をなだめすかして、頑張って身を守っていられるのもいまのうちだけ……そのうち面倒くさくなって、ベロチュウしたり、胸を揉ませたりするようになるのよ。なんなら枕《まくら》営業で客と寝たり……馬鹿みたいだもんね、ひとりで意地張ってたって疲れるだけで……ああ、ホント最悪……バチってあたるんだね……ホントもう怖い……」

溜飲が下がる——俊平の気分は、そこからは程遠《ほど》かった。

脳裏《のうり》に浮かんでいたのは、雨の日の別れのシーンだった。優作に殴られ、地面に転がってなお蹴《け》られ、声も出なくなった俊平に、翔子は一万円札を二枚、ひらひらと落としてきた。治療費とクリーニング代だと言っていたが、こちらを気遣った行為でないことはあきらかだった。勝ち鬨《どき》をあげるかわりに、彼女はそんなことをしたのである。

あるいは観音裏のスナック〈フェアリー〉で見た彼女だ。界隈《かいわい》の店の中では、圧倒的に若い二十二歳。栗色の巻き髪、あどけないのに妙にエロティックな西洋人形のような顔、凹凸《おうとつ》のくっきりした悩殺《のうさつ》的なスタイル、それを強調するような体にぴったり張りついたミニドレス——なにもかもキラキラして、自信に満ちていた。元は六本木の店でナンバーワンだったらしいから、自信があるのも当然かもしれないけれど、自信は人を輝かせる。

目の前で泣きじゃくっている女を見ればいい。

容姿《ようし》は当時と変わらないのに、すっかり自信を失って、輝きなどまるで感じられない……。

4

俊平は台所に立って鍋《なべ》で湯を沸《わ》かしはじめた。

泣き疲れた翔子が「お腹がすいたね」と言ったからだった。本当にそうなのかもしれないし、手放しで泣きじゃくってしまった照れ隠しに、そんなことを言いだしたのかもしれない。

いずれにしろ、俊平も腹がへっていた。そしていまの重苦しい空気をもてあましていた。なにか腹に入れれば、もう少し自然な感じで、翔子と話ができるかもしれなかった。

彼女は自分がつくると言ったのだが、俊平は料理人の端くれだった。その役割を、泣きっ面《つら》の小悪魔に渡すわけにはいかなかった。棚をのぞくと、素麺があったので小躍《こおど》りしたくなった。おやっさんがつくっている素麺だった。もっと有名な製品もたくさんあるのに、あえてそれがここにあったことに運命を感じた。とびきりのにゅうめんをご馳走《ちそう》してやろうと思った。

〈とり作〉のように鶏ガラから煮込んだスープまではつくれないので、インスタントで代用するしかないが、酒、みりん、薄口しょうゆなどで、なるべく味を近づけていく。

にゅうめんは茹ですぎに注意が必要だ。バリカタで水にさらし、スープに泳がせた。ネギがあればよかったが、贅沢《ぜいたく》を言っていてはきりがない。

「どうぞ」

どんぶりをコタツに運ぶと、どういうわけか翔子は表情を硬くした。

「苦手でしたか、にゅうめん」

「……大好物」

翔子は顔をこわばらせたまま、箸《はし》を持って素麺を啜《すす》った。週に八度は蕎麦屋の暖簾《のれん》をくぐらなければ気がすまないご隠居のように、ズズッと音をたてて……。

「いい食べっぷりですね」

「ありがとう」

もう一度、ズズッと啜る。美人は得だ。素麺を啜っているだけで、表情が妙にエロティックになる。

「お口に合いましたか？」

「あの人の味と同じ」

「えっ……」

「あの人もこれ、よくつくってくれた」

俊平は胸底で深い溜息をついた。おやっさんの素麺を見つけた勢いでつくってしまったが、考えてみればこの料理は優作直伝《じきでん》なのである。

「なんかすいません……」

俊平も素麵を啜った。味見で確認したときより、おいしくなかった。

「なんか食べれば、気分が直るかと思ったんですけど……これじゃあ、よけいに……」

俊平自身が、重苦しい気分になった。いや、身の底からふつふつと怒りと哀《かな》しみがこみあげてきた。〈とり作〉で一緒に働いていた優作は、最高の兄貴分だった。味つけはもちろん、銭湯で体を洗う順番から、肩で風を切るような歩き方まで、俊平は真似《まね》したことがある。

ところがどうだ。茅乃を捨てただけでは飽き足らず、またひとり、ここに不幸な女を残していっている。百歩譲《ゆず》って、翔子との愛が真実の愛であり、地に足をつけた生活をしていたなら、俊平も納得しただろう。許せないけれど、意味はわかった。

「茅乃には本当に申し訳ないことをしたと思っている。でも俺は、どうしても翔子のことが好きだったんだ。彼女のことを愛する以外、この先の人生は考えられないんだ。もちろん、人として間違った道だろう。俊平、間違っている俺を殴ってくれ。でも、翔子は……俺には翔子がどうしても必要なんだ……」

眼を見てそう言われたなら、おとなしく退散するしかなかったはずだ。

しかし結果はこの有様《ありさま》。翔子のことをひと月あまりであっさり捨てて、今度は場末のホステスと逃避行……茅乃が聞いたら、どんな顔をするだろう？　あまりの悔しさに、血が出るほど唇を嚙《か》みしめるのではないだろうか。

俊平自身も体が震えだしてしまい、

「……食べたら帰ります」

低く声を絞りだした。

「深夜に押しかけてすいませんでした。おまけに、大将の味の料理なんて出しちゃって……」

「帰るって、もう電車ないよ」

「少し外で頭冷やしますよ」

野宿をするには寒かったが、どうせ眠れそうにない。港まで歩けばいい。どれくらいの距離かわからないが、朝までには着くだろう。

「べつに、あの人の味だからって文句なんか言ってないじゃない。部屋なら余ってるから、泊まっていけばいいわよ」

「いやでも……」

俊平が苦りきった顔になると、翔子は立ちあがり、向かいの席から隣に移動してきた。さっと手を伸ばしてきて、俊平の持っていた箸を取りあげた。

「食べたら帰るなら、食べ終わらせない」

「無茶言わないでください」

「だって、いまひとりになったら、わたし泣くわよ。朝まで泣いてる。腫《は》れた眼が超ブサイクになって、店長に怒られる」

「僕がいたら泣きませんか」

「泣かない」

翔子はふっと笑みを浮かべると、

「ふたりでいれば、泣くよりいいことできるじゃない?」

笑いながら、唇を差しだしてきた。にゅうめんを食べていたせいか、その唇は妙に血行がよく、ヌラヌラと油じみた光を放っていた。

「キスして」

「冗談でしょう?」

俊平は苦笑したが、翔子は笑わなかった。

「キスするしかないのよ。だってあなたは、泣きそうなわたしを残してここから出ていけないでしょ？　となると、一秒後か一分後か一時間後かわからないけど、結局はキスすることになる」

小悪魔は真顔で言った。いや、そういう台詞《せりふ》を真顔で言うから、彼女は小悪魔なのだろう。

「キスしたら、次はエッチですか？」

「そうね」

事もなげにうなずいた。

「わたしこう見えて性欲強いから、キスしたらスイッチ入っちゃうわね」

「そうやって、刹那《せつな》的に淋しさをまぎらわして、なにか解決しますか？」

「あなたはあなたの人生の問題を、なにかひとつでも解決したことあるの？」

「そっ、それは……」

「淋しさをまぎらわすためにエッチしてなにが悪いのよ。わたしは男に捨てられて落ちこんでるの。だから、人には絶対言えないようないやらしいことといっぱいして、あそこが壊れちゃいそうなくらいめちゃくちゃに突きまくられて、一瞬でもいいからなにもかも忘れたいのよ。それのどこがいけないの？　いけないって言うなら理由を教えて」

口では敵《かな》いそうになかった。いや、口だけではない。彼女は自分が容姿のすぐれた女であることを自覚している。このわたしが誘えば断る男などいるはずがないと確信している。

虫酸《むしず》が走るほど大嫌いなタイプだった。そんな鼻持ちならない高慢《こうまん》ちき、たとえ自分以外のすべての男が鼻の下を伸ばしても、俊平は避けて通りたかった。

しかし……。

傲慢《ごうまん》な言葉遣いとは裏腹に、翔子の表情は悲愴《ひそう》感にあふれ、表面張力でぎりぎりこぼれずにいる水のようだった。いまにもこらえている気持ちが爆発し、再び泣きじゃくりはじめそうだ。

彼女は傷ついていた。それは間違いなかったし、手を差しのべて癒《い》やしてほしいと、内心では頭をさげていた。乱暴な言い方でしかそれを頼めない自分をもてあまし、恥《はじ》にまみれていた——そんなふうに思ってしまった時点で、彼女の術中に嵌《は》まったようなものだった。

気がつけば、俊平は翔子と唇を重ねていた。

すかさず抱きついてきた彼女を受けとめ、熱烈に舌をしゃぶりあってしまった。

5

翔子の体は夜の匂いがした。

夜の女の匂いだ。

店では別のドレスに着替えていたはずなのに、いま着ている白いスーツにも、キャバクラでの熱狂の残滓《ざんし》が染みこんでいるような気がした。俊平は、それごと毟《むし》りとるように脱がせていった。

白い素肌は甘い匂いがした。生々しいほど女を感じさせた。

下着はワインレッドだった。顔立ちの華やかな翔子には、派手なランジェリーがよく似合った。

翔子もまた、俊平の服を脱がせてきた。お互い下着姿になると、もつれあうようにして寝室に入り、ベッドに倒れこんだ。

「うんんっ……ぅんんっ……」

翔子が上になって唇を重ねてくる。口の中に舌をねじりこんできて、音をたてて舐《な》めまわす。

じっくりと行為を楽しむ気など、まったくないようだった。翔子のキスからは、痛々しいほどの切迫感ばかりが伝わってきた。まるで我に返ることを恐れているように……。

実際、恐れているのだろう。なぜこんなことをしているのか、立ちどまって考えてしまえば、自己嫌悪《けんお》に陥《おちい》るしかない。その前に、快楽に溺《おぼ》れてしまおうとしているのだ。いやらしいこと以外、なにも考えられないようになりたいのだ。

「……ぅんんっ！」

今度は俊平が上になり、翔子の舌を吸った。我に返りたくないのは、俊平も一緒だった。この体は、優作を狂わせた体だった。憎《にく》みこそすれ、欲望の対象にしていいはずがなかった。

なのにひどく興奮している。まだキスをしているだけなのに、鼓動《こどう》が乱れきってしまう。素肌と素肌が触れあうほどに、体中が熱くなっていく。

胸をまさぐった。ワインレッドのブラジャーに包まれた翔子の乳房は豊満で、小悪魔フェイスに似つかわしくないほど扇情《せんじょう》的だ。レースの感触を楽しむように手のひらを這《は》わせていると、うっとりしてしまった。

ブラジャーをはずしても、失望することはなかった。たわわに実った白い肉房の上に、清らかな桜色の乳首が咲いていた。まるで、男の夢を具現化したようなおっぱいだった。

裾野の方からすくいあげると、汗ですべった。それがよけいに、ピチピチに張りつめた素肌の触り心地をエロティックなものにした。気がつけば、揉みくちゃにしていた。汗ばんだ乳肉に思いきり指を食いこませ、左右の乳首を代わるがわる口に含んだ。

「あああーっ！」

翔子がのけぞって声をあげた。普段の彼女とは別人のような、甲高《かんだか》いのに脆弱《ぜいじゃく》な声だった。その声に導かれるようにして、俊平は愛撫《あいぶ》に熱をこめていく。殺風景すぎて寂寥《せきりょう》感さえ漂《ただよ》っていた寝室に、淫《みだ》らな熱気が立ちこめはじめる。

俊平は後退《あとずさ》っていく。翔子の下半身を見つめる。レースがふんだんに使われたワインレッドのハイレグパンティが、股間にぴっちりと食いこんでいる。恥丘がやけにこんもりと小高く、肉づきのいい太腿《ふともも》はまぶしいほどに白い。

一瞬見とれてしまったが、すぐに欲望がこみあげてきて、それを脱がせた。縦《たて》長に茂った繊毛《せんもう》が、アクセサリーのように綺麗《きれい》だった。獣《けもの》じみた雰囲気は微塵《みじん》も感じられなかった。

しかし、両脚をM字に割りひろげれば、そこには獣の器官がある。いや、獣に豹変《ひょうへん》するための……。

俊平は、息を呑んで翔子の花を見つめた。淫らな花だった。アーモンドピンクの花びらがうっすらと口を開き、奥から蜜を垂らしていた。親指と人差し指を使ってひろげると、薄桃色の粘膜《ねんまく》がひくひくと熱く息づいていた。

「んんんっ！」

舌を這わせると、翔子は身をよじってうめいた。ペロリ、ペロリ、と舌を這わせながら、俊平は自分を奮《ふる》い立たせていた。ここは最大の見せ場だった。セックスそのものにはまだイマイチ自信がもてないけれど、クンニでなら人妻をイカせたことがある。翔子だって感じてくれるはずだった。根気よく丁寧《ていねい》に舐めていれば、かならず……。

しかし。

「ねえ……」

翔子は不意に体を起こすと、

「わたしもしたい」

濡れた瞳でささやいてきた。その表情がすっかり淫ら色に染まっていたので、俊平はドキリとしたが、

「まだ始めたばかりじゃないですか」

唇を尖《とが》らせて言い返した。翔子はいかにもフェラチオがうまそうだし、あとでじっくりしてもらいたいが、それはクンニでひいひい言わせてからだ。

「じゃあ一緒にしようよ」

「えっ……」

一瞬にして、決意が揺らいだ。男性上位のシックスナインの経験はあったが、女性上位のそれはまだ未踏《みとう》の地だった。興味がないと言えば嘘になる。翔子に上に乗ってもらい、尻を突きだされたところを想像すると、口の中に唾液《だえき》があふれた。

「べつに……いいですけど」

俊平がうなずくと、

「こっちに脚を向けて」

翔子がうながしてきた。言われた通りにしたが、なんだか考えている体勢とはずいぶん違う。お互い横向きで、上下が逆さま……。

「上に乗ってくれないんですか？」

「横向きのほうが楽しいと思うよ」

翔子は悪戯っぽく濡れた瞳を輝かせると、

「だってほら……わたしの顔が見えるでしょ？」

眼と鼻の先にあったペニスを頬張った。端整《たんせい》な美貌《びぼう》を卑猥《ひわい》に歪《ゆが》めて、俊平に目配せをしてくる。

まったく、なんという女だろう。

フェラの刺激に身をよじりながらも、俊平は衝撃を受けていた。翔子は、自分がフェラをしている顔を見て興奮しなさいと言っているのだ。眉根《まゆね》を寄せ、瞼《まぶた》を半分落とし、鼻の下を伸ばしてペニスをしゃぶっている彼女の顔は、なるほどすさまじくいやらしかった。悔しいけれど、女性上位のシックスナインなどどうでもよくなってしまった。

「うんんっ……うんんっ……」

翔子が唇をスライドさせてきたので、俊平もクンニを再開した。花びらをしゃぶり、蜜を啜って、クリトリスを舐め転がした。

翔子のフェラは予想通り、いや、予想を超えて練達《れんたつ》で、舌や口内粘膜がペニスにからみついてくるようだった。おまけにその顔は、みるみる生々しいピンク色に染まっていった。フェラをしつつも、感じているのだ。

溺れてしまう、と思った。

濃厚なシックスナインに淫していくほどに、俊平はよけいなことが考えられなくなっていった。いやらしさだけが頭の中を支配し、ペニスと舌にすべての神経が集中していく。

このまま一度放出したいとさえ思ってしまったが、ベッドの上で翔子は自由だった。ひとしきり横向きのシックスナインを続けると、やがて上に乗ってきた。尻の穴まで丸出しにしたヒップをこちらに突きだし、玉袋の裏まで唾液が垂れてくるほど熱烈にペニスをしゃぶってきた。

女性上位のシックスナインだ。ようやく念願の体位を経験できた俊平は、翔子の尻にしがみついて舌を躍らせた。じゅるじゅると蜜を啜りながら、尻の穴まで舐めまわした。翔子は悦《よろこ》んでいるようだった。綺麗な顔をして尻の穴にまで性感帯があるなんて、すごい女だと思った。

「ねえ……」

翔子が振り返った。

「もう欲しい……」

唾液まみれのペニスをしごきながらささやく。

「はっ、はい……」

俊平はこわばった顔でうなずいた。急に緊張してしまったのは、翔子の顔が欲情に蕩《とろ》けきっていたからだ。

この顔か、と思った。このいやらしすぎる表情が、おそらく優作を狂わせたのだ。いつだって小悪魔っぽく澄ましていたり、笑ったりしている女に、こんな表情をされては、男なんてひとたまりもない。

俊平は鼓動を乱しつつ翔子の下から抜けだした。彼女は四つん這いのままだった。後ろから入れてほしいようだった。

「……いきますよ」

切っ先を濡れた花園にあてがった。もはやタメをつくる余裕もなく、腰を前に送りだす。ずぶずぶとペニスを沈めこんでいく。

「ああああああーっ！」

ずんっ、と最奥を突きあげると、翔子は腰を反《そ》らせて悲鳴をあげた。たっぷりと量感のある尻と太腿が、ぶるぶるるっ、ぶるぶるるっ、と結合の歓喜《かんき》に激しく震えた。

6

「むうっ！　むうっ！」

俊平は鼻息をはずませ、激しく腰を振りたてた。考えてみれば、普通のバックスタイルで繋がるのは初めてだったが、思った以上に自由に動けた。腰が軽く、突きあげれば突きあげるほど、エネルギーがみなぎってくるようだ。

パンパンッ、パンパンッ、と尻を打ち鳴らして連打を放てば、

「はぁあああーっ！　はぁあああーっ！　はぁうううーっ！」

翔子は淫らがましく身をよじってあえぎにあえぐ。彼女の反応のよさが、俊平の腰使いに力を与えていることは間違いなかった。

女の反応がよければ、男はどこまでも精力がみなぎり、スケベになっていくものらしい。真っ直《す》ぐに突きあげるだけではなく、いつの間にか腰のグラインドを挟んだりしている。翔子の反応を見極めて、ストップ&ゴーを繰り返す。両手でがっちりつかんだ腰を引き寄せながら、ガンガンと連打を打ちこむ。

バックスタイルだとよがっている顔が見られないのが少し淋しいが、女の背中から腰、そしてヒップを存分に眺められるのは悪くなかった。女体というものは、いくら眺めても飽きることがないと思った。

「ああっ、いやっ……いやいやいやあああーっ！」

翔子が髪を振り乱して、ひときわ甲高い悲鳴をあげた。

「まっ、待ってっ！　ちょっと待ってえええーっ！　そっ、そんなにしたら、ダメえええーっ！」

右手を後ろにまわし、俊平の手をぎゅっとつかむ。ずいぶん強い力であり、「待って」と叫ぶ声には本気が滲んでいた。いったん休んだほうがいいかもしれないと思いつつ、腰の動きはとまらなかった。四つん這いの女体を後ろから貫《つらぬ》いている興奮に、昂《たか》ぶりきっていた。

すると翔子は、唐突に悲鳴をあげるのをやめた。息を呑んでいるのが、後ろからでもわかった。俊平は連打を放ちつづけていた。パンパンッ、パンパンッ、と尻を打ち鳴らす音が、熱狂状態のベッドの上でこだまする。

「イッ、イクッ……イッちゃうっ……イクイクイクッ……もうダメッ……イクウウウウーッ！」

翔子の声は断末魔《だんまつま》の色彩《しきさい》を帯《お》び、次の瞬間、ガクンッ、ガクンッ、と壊れたオモチャのように暴れだした。絶頂に達したらしいが、それにしてもすさまじいイキ方だった。五体の肉という肉が痙攣《けいれん》しているのが、繋がった性器を通じて生々しく伝わってきた。と同時に、蜜壺が締まりを増し、ペニスを食い締めるように吸いついてきた。

「ホントにやめてっ！ホントにやめてえええーっ！」

翔子が泣き声をあげたので、俊平はハッとして動きをとめた。腰から手を離すと、翔子はうつ伏せに倒れペニスが抜けた。結合がとけても、翔子の尻や太腿、いや、体の裏側全体が、ピクピク、ピクピク、と痙攣していた。

俊平は息をはずませながら、その光景を見下ろしていた。翔子が漏らした蜜をたっぷりと浴びたペニスが元気よく反り返っていて、自分の分身ながら頼もしかった。あれだけ突いたにもかかわらず、まだ余力は充分に残っていた。そして先に、女をイカせた……。

「大丈夫ですか？」

翔子の髪を直し、顔をのぞきこんだ。俊平は勝ち誇った感じで、ニヤニヤ笑っていたと思う。だが、翔子は泣いていた。声こそ押し殺していたが、腕に顔をこすりつけて、滂沱《ぼうだ》の涙を流していた。

「どっ、どうしたんですか？」

驚いて訊ねた。

「べつに……放っておいて……」

虚勢《きょせい》を張るように言い、あお向けに体を反転させた。ひっ、ひっ、としゃくりあげながら、涙を手のひらで乱暴に拭《ぬぐ》う。

「そっちはまだイッてないでしょ？　続き……しよう……」

「はあ……」

俊平はうなずき、おずおずと彼女の両脚の間に腰をすべりこませていった。正常位であらためて結合の体勢を整えても、翔子はまだしゃくりあげている。

「……嫌なことでも思いだしちゃいましたか？」

「そうじゃない……」

翔子の眼からは、とめどもなく涙があふれている。ただでさえ美しい顔を、荒れ狂う感情がますます美しく輝かせる。

「好きな人とじゃなくても、気持ちいいんだって……イッたりするんだって思ったら……どうしても涙がとまらない……」

俊平は息を呑み、翔子の上からおりようとしたが、

「やめないで！」

首に両手をまわされた。

「いまやめられたら……わたし……わたし……」

俊平はうなずいて腰を前に送りだした。翔子の女陰はオルガスムスの余韻《よいん》でカッカと火照《ほて》り、失禁したように濡れまみれていた。にもかかわらず、内側の肉ひだはみっちりと詰まり、すんなりとは入れなかった。肉の扉をいくつもこじ開けるようにして、むりむりと奥に進んでいく。

「んんんーっ！」

先端が最奥まで到達すると、翔子はしがみついてきた。俊平も抱擁《ほうよう》に応えながら、腰を動かしはじめる。先ほどバックに淫したおかげで、ひと皮剝けたのだろうか。いままでよ

り腰を自由に動かせそうな気がしたが、まずはゆっくり大きく抜き差しをする。

「ああああっ……」

翔子が艶《なま》めかしい声をもらしながら、唇を重ねてきた。舌を吸いあいつつ、スローな抜き差しを繰り返す。

すると、翔子も腰を使いはじめた。最初は身をよじるような動きだったが、次第に俊平の動きに合わせて腰をグラインドさせてきた。単調だったピストン運動がにわかに淫らさを増し、お互いの息がはずみだす。キスを続けていられなくなり、じわり、じわり、と腰を振りあうピッチがあがっていく。

「いいいっ……いいよっ……気持ちいいっ……」

翔子は震える声でささやき、眉根を寄せて見つめてきた。俊平も見つめ返し、視線と視線をからませあった。翔子の眼は涙に濡れて、視線までねっとりと濡れているようだった。

好きな人とじゃなくても——翔子が先ほど放った台詞が、耳底にこびりついて離れなかった。たしかに自分たちは、愛を確認しあうために、体を重ねているわけではなかった。俊平にしても、翔子に対して恋愛感情など抱いていない。

けれども体は興奮し、彼女を強く求めている。愛じゃなくても、恋じゃなくても、あえぐ翔子を可愛く思っている。ただ単に性欲を処理するためではなく、彼女と恍惚《こうこつ》を分かちあいたいと願っている。

そういう感情をなんと呼んでいいのかわからないまま、俊平は腰を振りたてた。翔子も下から腰を使ってくる。抱擁が強まっていく。お互いがお互いにしがみつき、体と体がこれ以上密着できないところまで密着していく。

「いっ、いやっ……またイキそうっ……またイッちゃいそうっ……」

翔子がきりきりと眉根を寄せた顔で見つめてくる。

この時間をもっと味わいたくて、俊平は腰を動かすピッチを落とした。カリのくびれがヌルヌルの肉ひだにこすれあっている、たまらない快感を噛みしめるように、なるべくゆっくり抜き差しする。

しかし、いくらゆっくり動いても、興奮は高まっていくばかりで、すぐにピッチがあがっていった。歯を食いしばって、もう一度スローダウンさせる。寄せては返す波に身を委《ゆだ》ねているうちに、想像を絶するほどの高波の上にいることに気づかされる。

「ダメッ……本当にもうダメッ……」

翔子がくしゃくしゃに歪んだ顔を左右に振る。

「わっ、わたしもう我慢できないっ……イキたいっ……イカせてっ……」

俊平は息を呑んだ。こちらにしても、我慢の限界が迫っていた。思いきり射精がしたかった。だがその一方で、少しでも長くこの快感も味わっていたい。ふたつの矛盾《むじゅん》した欲望が、十八歳の心身を軋《きし》ませる。汗まみれの顔が、苦悶《くもん》に歪みきっていく。

「中で……中で出して……」

翔子が震える声で言った。

「今日は大丈夫だから……大丈夫な日だから……」

「おおおっ……」

中出しの許可がおりたことで、俊平の欲望は一気に射精に向かって舵《かじ》が切られた。呼吸も忘れて腰を振りたて、突いて突いて突きまくった。俊平の腕の中で、柔らかな女体が汗ばみ、小刻みに震え、淫らに火照っていく。ペニスとこすれあっている部分はまるで燃えているように熱く、けれどもヌルヌルといやらしく濡れて、眼も眩《くら》むほど心地いい。

「……イッ、イクッ！」

翔子の声が、遠くに聞こえた。次の瞬間、腕の中の女体が暴れだした。バックのときよりも、激しいイキ方だった。ビクビクと腰を跳ねさせ、体がねじれそうなほど身をよじり、そうしつつ、必死でしがみついてくる。

「おおおっ……」

耐えがたい衝動が、俊平の体を撃ち抜いた。淫らがましく収縮している蜜壺を、鋼鉄のように硬くなったペニスで貫いた。粘りつくような音をたてて、何度も何度も突きあげた。腰を動かしているのは自分でも怖くなるような暴力的な衝動なのに、訪れるのは甘美《かんび》な一体感だった。翔子とひとつになっている実感が、たしかにあった。

「でっ、出るっ……もう出るっ……おおおっ……うおおおおおーっ！」

雄叫《おたけ》びをあげて最後の一打を打ちこんだ。下半身で爆発が起こり、煮えたぎるように熱いものが、ペニスの芯《しん》を走り抜けていった。ドクンッ、ドクンッ、と続けざまに発作が起こり、男の精を翔子の中にぶちまけた。そのたびに痺《しび》れるような快感が五体を打ちのめし、俊平は声をあげて身をよじった。体の下で、翔子も声をあげていたが、もうなにも聞こえなかった。俊平は、射精のもたらす衝撃的な快感だけに夢中だった。魂《たましい》までも吐きだすように長々と射精を続け、やがて意識を失った。

7

港を吹き抜ける潮風は冬の匂いがした。

季節はだらだら移ろうものではなく、一瞬で変わるものらしい。

もう冬だった。

素麺づくりがピークを迎えるのはこれからで、冬の陽射《ひざ》しと乾いた空気が麺の乾燥に適しているからだという。

俊平はしかし、おやっさんや日和の待つ島へ向かう船を、港から見送った。

先ほど、おやっさんに電話をし、島には戻らない旨《むね》を告げた。置いてきた荷物は、次の落ち着き先が決まったら、着払いで送ってほしいと頼んだ。

おやっさんは理由を訊ねず、わかったとだけ言って電話を切った。

あの小さな島は本当にいいところで、日和と力を合わせて素麺づくりに生涯を捧《ささ》げるのも悪くはないと思っていた。

しかし、俊平はまだ十八歳。

島の外にも、経験したいことがたくさんありすぎる。

たとえそれが、知らなければよかったような残酷な現実だったり、失望と落胆だけが待ち受けている結果に終わっても、経験しないよりマシなはずだった。経験することで、真実を見極める眼が磨《みが》かれ、自分にとって本当に必要なものを手に入れることができるようになる……。

つまり、自分は日和には相応《ふさわ》しい男ではなかった。彼女は彼女の人生にとってなにが必要であるかよくわかっている。俊平にはまだ、それを判断できる物差しがない。

「ねえ、本当に旅を続けるの？」

翔子が後ろで言った。来なくていいと断ったのだが、見送りに来てくれたのだ。列車に乗る前に港を見ていくと言うと、ここまでついてきた。

「しばらくうちにいてもいいのよ。どうせ部屋もあまってるし……」

「いえ……」

俊平は苦りきった顔で言った。

「翔子さんのところにはいられないですよ」

「どうして？」

「だって……好きじゃないって言ってたでしょ」

好きでもない男に抱かれ、イッてしまったことに彼女は傷つき、号泣していた。それでもなお、淋しさをまぎらわすために、セックスを続けずにはいられなかった。

「意地悪」

ドン、と肩をぶつけられた。

「エッチの最中に口走ったことなんて、忘れてよ」

「いや、でも……」

あれは彼女の本心だったはずだ。もちろん、咎《とが》めるつもりなんて毛頭《もうとう》ない。俊平もまた、愛などなくても興奮していた。いままでいちばんと言っていいくらい、爆発的な射精を遂《と》げた。男と女は本当に不可解《ふかかい》で、理屈《りくつ》では説明できないほど謎《なぞ》ばかりで、けれども逃れられない魅惑に満ちている。

「それに……」

翔子がせつなげに眉根を寄せて見つめてくる。

「好きじゃないけどうっかりエッチしちゃって、そしたら好きになっちゃった、って場合だってあるじゃない？」

それはそうかもしれなかった。俊平にしても、翔子を抱く前と後では、彼女に対する気持ちが全然違っている。彼女のような小悪魔と暮らせば、毎日刺激的で退屈しないだろうとも思う。

だがそれは、自分が求めているものとは、少し違う気がした。男と女についてだけは、流れに任せず、納得いくまで探し求めてみたかった。そのために、まだまだ旅を続けるのだ。

港から駅まで歩いて移動した。

小悪魔は途中で何度も立ちどまり、恨みがましい眼を向けてきたが、俊平は取りあわなかった。

「これ……」

ホームで封筒を渡した。

「なによ?」

翔子が眉をひそめる。

「本当はもっと渡したかったんですけど、ATMじゃ五十万までしかおろせなくて……」

「どうしてわたしがあなたにお金を貰《もら》わなくちゃならないのよ」

「大将のためにお金使ったって言ってたじゃないですか。大将が茅乃さんにお金残してきちゃったからって……その残したお金の一部を、僕が貰ったんです。びっくりするくらいたくさん、退職金を……だからその、なんていうか、巡り巡って自分のお金が戻ってきたと思ってください」

翔子は受けとろうとしなかったが、無理やり手の中に押しこんだ。五十万という額で、彼女が生活を立て直せるかどうかはわからなかった。しかし、少なくとも、日銭を求めて風俗まがいのキャバクラで働くようなことは、しなくてすむのではないか。

彼女は天性のホステスだ。自棄《やけ》になって場末の歓楽街に身を沈めたりしないで、それなりのステージに立てば、絶対に輝けるはずである。気持ちを立て直し、自分に相応しい店で働いてほしかったが、そこまで口を挟むことは、俊平の役割ではない。

列車がホームに入ってきた。

「それじゃあ……」

俊平が手をあげると、

「さよならだけが人生ね」

翔子はひどく淋しげな眼つきでポツリと言った。小悪魔が漂わせている孤独な空気に後ろ髪を引かれたけれど、俊平は背中で断ち切って列車に乗った。ガラガラの座席に腰をおろし、早く動けと列車に念じた。

少し行けば、車窓から美しい瀬戸内の海が見えるはずだった。

不倫サレ妻慰めて

一〇〇字書評

切・り・取・り・線

購買動機（新聞、雑誌名を記入するか、あるいは○をつけてください）	
□（　　　　　　　　　　　　）	の広告を見て
□（　　　　　　　　　　　　）	の書評を見て
□ 知人のすすめで	□ タイトルに惹かれて
□ カバーが良かったから	□ 内容が面白そうだから
□ 好きな作家だから	□ 好きな分野の本だから

・最近、最も感銘を受けた作品名をお書き下さい

・あなたのお好きな作家名をお書き下さい

・その他、ご要望がありましたらお書き下さい

住所	〒				
氏名		職業		年齢	
Eメール	※携帯には配信できません		新刊情報等のメール配信を 希望する・しない		

この本の感想を、編集部までお寄せいただけたらありがたく存じます。今後の企画の参考にさせていただきます。Eメールでも結構です。

いただいた「一〇〇字書評」は、新聞・雑誌等に紹介させていただくことがあります。その場合はお礼として特製図書カードを差し上げます。

前ページの原稿用紙に書評をお書きの上、切り取り、左記までお送り下さい。宛先の住所は不要です。

なお、ご記入いただいたお名前、ご住所等は、書評紹介の事前了解、謝礼のお届けのためだけに利用し、そのほかの目的のために利用することはありません。

〒一〇一-八七〇一
祥伝社文庫編集長 坂口芳和
電話 〇三（三二六五）二〇八〇

祥伝社ホームページの「ブックレビュー」からも、書き込めます。

http://www.shodensha.co.jp/bookreview/

祥伝社文庫

不倫《ふりん》サレ妻《づま》慰《なぐさ》めて

平成30年10月20日　初版第1刷発行

著　者　草凪《くさなぎ》優《ゆう》

発行者　辻　浩明

発行所　祥伝社《しょうでんしゃ》

東京都千代田区神田神保町3-3

〒101-8701

電話　03（3265）2081（販売部）

電話　03（3265）2080（編集部）

電話　03（3265）3622（業務部）

http://www.shodensha.co.jp/

印刷所　萩原印刷

製本所　ナショナル製本

カバーフォーマットデザイン　芥 陽子

Printed in Japan ©2018, Yū Kusanagi　ISBN978-4-396-34461-0 C0193

祥伝社文庫の好評既刊

草凪 優

誘惑させて

不動産屋の平社員からキャバクラの店長に大抜擢されて困惑する悠平《ゆうへい》。初日に十九歳の奈月《なつき》から誘惑され……。

草凪 優

みせてあげる

「ふつうの女の子みたいに抱かれてみたかったの」と踊り子の由衣《ゆい》。秋幸《あきゆき》のストリップ小屋通いが始まった。

草凪 優

色街そだち

単身上京した十七歳の正道《まさみち》が出会った性の目覚めの数々。暮れゆく昭和の東京・浅草を舞台に描く青春純情官能。

草凪 優

色街そだち 年上の女《ひと》

「普段はこんなことをする女じゃないのよ」——夜の路上で偶然出会った僕の「運命の人《ファム・ファタール》」は人妻だった……。

草凪 優

摘《つ》めない果実

「やさしくしてください。わたし、初めてですから」……妻もいる中年男と二〇歳の女子大生の行き着く果ては⁉

草凪 優

夜ひらく

上原《うえはら》実羽《みわ》、二〇歳。一躍カリスマモデルにのし上がる。もう、普通の女の子には戻れない……。

祥伝社文庫の好評既刊

草凪 優

どうしようもない恋の唄

死に場所を求めて迷い込んだ町で、ソープ嬢のヒナに拾われた矢代光敏《やしろみつとし》。やがて見出す奇跡のような愛とは？

草凪 優

ろくでなしの恋

最も愛した女を陥《おとし》れた呪わしい過去……不吉なメールをきっかけに再び対峙した男と女の究極の愛の形とは？

草凪 優

目隠しの夜

彼女との一夜に向け、後腐れなく〝経験〟を積むはずが……。大学生が覗き見た、抗いがたい快楽の作法とは？

草凪 優

ルームシェアの夜

優柔不断な俺、憧れの人妻、年下の恋人、入社以来の親友……。もつれた欲望と嫉妬が一つ屋根の下で交錯する！

草凪 優

女が嫌いな女が、男は好き

超ワガママで可愛くて体の相性は抜群。だがトラブル続出の「女の敵」！そんな彼女に惚れた男の〝一途〟とは⁉

草凪 優

俺の女課長

知的で美しい女課長が、ノルマのためにとった最終手段とは？　セクシーな営業部員の活躍を描く、企業エロス。

祥伝社文庫の好評既刊

草凪 優
俺の女社長
清楚で美しい女社長。ある日、もう一つの〝貌《かお》〟を知ったことから、彼女との切なくも甘美な日々が始まった……。

草凪 優
元彼女《モトカノ》…
別れて三年、ふいに甦《よみがえ》った元彼女の肢体……。過去と現在が狂おしく交差する青春官能の傑作。

草凪 優
俺の美熟女
俺は青いリンゴより熟《う》れきったマンゴーの方が断然好きだ――。熟女の滴《したた》るような色香とエロスを描く傑作官能。

草凪 優
奪う太陽、焦《こ》がす月
意外な素顔と初々《ういうい》しさ。定時制教師・浩之《ひろゆき》が欲情の虜《とりこ》になったのは、二十歳《はたち》の教え子・波留《はる》だった――。

草凪 優
裸飯《はだかめし》 エッチの後なに食べる？
美味しい彼女と淫らなごはんを――。ギャップに悶えて蕩ける、性と食の情緒を描く官能ロマン、誕生！

草凪 優
金曜日 銀座 18:00
東京が誇るナンパスポット、銀座・コリドー街。煌《きら》めく夜の街で、恋とセックスを求め彷徨《さまよ》う、男女の物語。